WITCH YOU WOULDN'T BELIEVE - DEUTSCHE AUSGABE

LEMON TEA COZY MYSTERIES

LUCY MAY

Der Magie, meinen Hunden & dem Kaffee.

KAPITEL EINS

»Ich bin spätestens morgen wieder zurück«, sagte ich zu Tara, der stellvertretenden Leiterin meiner Bäckerei und einer guten Freundin. »Wenn du irgendetwas brauchst, ruf mich auf dem Handy an. Hoffentlich haben die da unten guten Empfang«, murmelte ich und dachte an das verschlafene Südstaatenstädtchen, in dem ich aufgewachsen war.

»Es wird alles gut gehen, geh jetzt einfach«, sagte Tara und schob mich zur Tür meines eigenen Ladens hinaus. »Ich hab das im Griff. Geh und erledige deine Angelegenheiten.«

Ich seufzte und wünschte mir insgeheim, sie würde mir sagen, dass sie mich hier brauchte. Ich wollte nicht nach Hause fahren. Ich hatte diesen Ort am Tag nach meinem Abschluss verlassen und in sechs Jahren nicht ein einziges Mal zurückgeblickt. Die Heimkehr stand nicht auf meiner Liste der tausend Dinge, die ich tun wollte.

»Danke. Ich melde mich, sobald ich weiß, was los ist und warum ich überhaupt dort sein muss«, sagte ich.

Sie kicherte. »Du weißt doch, warum. Dir gehört die Fabrik, worüber wir reden müssen, wenn du zurückkommst. Du hast mir nie erzählt, dass du eine Zitronentee-Mogulin bist.«

»Ich bin keine Mogulin. Meine Großmutter liebte ihren

Zitronentee mit Schuss so sehr, dass sie ein Geschäft daraus gemacht hat. Diese Fabrik ist nicht mehr in Betrieb, seit ich ein Kind war. Jeder in der Stadt ist überzeugt, dass es in dem alten Gebäude spukt. Ich bin überrascht, dass es nicht schon längst zu einem Haufen Ziegelsteine zusammengefallen ist.«

»Warum hat deine Großmutter es nicht deiner Mutter vererbt?«, fragte sie.

Ich zuckte mit den Schultern und schüttelte den Kopf. »Weil meine Oma verrückt war? Ich weiß es ehrlich gesagt nicht. Meine Oma sagte, es sei mein Erbe. Ich habe ein riesiges altes Fabrikgebäude geerbt und habe keine Ahnung, was ich damit anfangen soll. Meine Mutter sagte, sie hätte ihr eigenes Haus und bräuchte das meiner Großmutter nicht, aber es sei mein Schicksal, es zu erben. Habe ich dir jemals erzählt, dass meine Familie ein klein wenig exzentrisch ist?«

Das entlockte Tara ein weiteres leises Kichern. »*Du* bist ein bisschen schräg. Geh schon. Hör auf zu trödeln.«

»Na gut, aber ich will nur, dass das klar ist: Ich will nicht fahren. Ich bin keine Nancy Drew. Ich wüsste nicht, wie ich bei den Ermittlungen in einem Todesfall eine Hilfe sein könnte.«

»Bei den *Mord*ermittlungen, und du musst nicht die Spürnase spielen. Dafür ist die Polizei da, aber als Eigentümerin des Gebäudes könntest du haftbar gemacht werden«, sagte sie mit einem Schniefen. »Ich glaube, es ist fast besser für dich, wenn es ein Mord ist und kein Unfalltod. Sie können dich nicht dafür haftbar machen, wenn dort jemand ermordet wird.«

»Woher willst du das denn wissen?«

Sie grinste. »Ich schaue viele Krimiserien.«

»Großartig. Ich bin dreihundert Kilometer weit weg, habe diese Fabrik seit fast zwanzig Jahren nicht mehr betreten und jetzt bin ich schuld daran, dass sich irgendein Kerl an dem Ort umbringt«, brummte ich, schnappte mir meine Handtasche und ging zur Vordertür.

»Versuch, ein bisschen Spaß zu haben!«, rief Tara, als ich die

Tür zu meiner kleinen Bäckerei aufriss und das Glöckchen hinter mir bimmelte.

Ich stampfte die Straße entlang zu meinem Auto, warf meine Handtasche hinein und richtete die Nase des Wagens nach Süden. Ich fuhr nach Hause. Manche Leute liebten die Vorstellung, nach einer Weile wieder nach Hause zu fahren. Ich nicht.

Mein Herz hing an meiner Bäckerei und dem neuen Leben, das ich mir in Saint Anne, Louisiana, aufgebaut hatte. Ich liebte meine Mutter, aber Lemon Bliss, Louisiana, fühlte sich für mich mehr wie ein Gefängnis an als wie eine richtige Heimatstadt. Als ich in dem winzigen Ort aufwuchs, hatte ich die meiste Zeit damit verbracht, mich zu fragen, was es wohl in der Welt jenseits seiner verschlafenen Grenzen gab. Als ich endlich weggezogen war, hatte es sich so angefühlt, als sei die Welt da draußen gigantisch und würde nur auf mich warten. Und jetzt fuhr ich nach Hause – nur weil ich die inzwischen stillgelegte Zitronenteefabrik meiner Großmutter geerbt hatte und dort eine Leiche gefunden worden war.

Mit einem Seufzer drehte ich die Stereoanlage auf und machte mich für die Fahrt bereit. Ich kurbelte das Fenster herunter und ließ mir den Wind durch die Haare wehen, während ich über die Autobahn raste. Je früher ich dort ankam, um die Sache zu klären, desto eher konnte ich wieder weg.

Drei Stunden später rollte ich in Lemon Bliss ein. Die Stadt hatte ihren Namen bekommen, bevor die Zitronenteefabrik meiner Familie sie aus der Bedeutungslosigkeit holte. Mehrere Familienbetriebe hatten hier Zitronenhaine, daher wurde der Ort als Lemon Bliss bekannt. Meine Großeltern hatten die Zitronenteefabrik in der ersten Hälfte des zwanzigsten Jahrhunderts gegründet. Meine Großmutter war für ihren legendären Zitronentee bekannt, der aus den Zitronen vom Familienhof hergestellt und großzügig mit Wodka versetzt wurde. Ihr Tee machte einen garantiert beschwipst und war eine Spezialität des Südens. Während der Blütezeit in der Mitte des Jahrhunderts produzierte die Fabrik Zitronentee mit Schuss und verkaufte ihn ein paar Jahrzehnte lang wie geschnitten Brot. Nachdem mein Großvater gestorben war, als ich ein kleines Mädchen war, hatte meine Großmutter sie geschlossen. Seitdem lag die Fabrik brach.

Es gab keine Ampeln und nur eine Hauptstraße durch die Stadt, die Crooked Street. Sehr originell. Ich starrte auf die krumme Eiche am Ende der Straße. Der Baum stand dort schon seit Jahrhunderten. Es war eine Virginia-Eiche. Ich hatte den Unterschied zwischen einer Virginia-Eiche und einer normalen Eiche noch nicht ganz verstanden, aber ich schweife ab. Die ganze Stadt war um den Baum herum gebaut worden. Niemand wagte es, den uralten Baum zu fällen, der so krumm wie ein Fragezeichen war. Gerüchten zufolge war der Baum vom Blitz getroffen, gespalten und fast umgefallen, aber er wuchs immer noch, wenn auch schief.

Ich parkte mein Auto an der fast leeren Straße und steuerte auf das zu, was man als das Hauptquartier der Stadt bezeichnen könnte. Crooked Coffee war der Treffpunkt schlechthin. Es war Post, Feinkostladen, Klatschbörse, Café und noch vieles mehr. Da ich seit Jahren nicht mehr hier gelebt hatte, hatte ich vergessen, wie gut dieser Ort war. In dem Moment, als ich durch die Fliegengittertür trat, wurde ich vom Duft frischen Kaffees und gebackenen Brotes überfallen. Ich war am Verhungern und brauchte eine Stärkung, bevor ich den Sheriff aufspüren würde, der mich wegen der Leiche in der Fabrik angerufen hatte.

Als ich mich umsah, bemerkte ich, dass der Laden gut besucht war, obwohl es schon später Nachmittag war. Ich schlängelte mich zwischen den kleinen, runden Tischen hindurch, die im Raum verteilt waren, und blieb vor der Theke stehen. »Hi«, sagte ich und erregte die Aufmerksamkeit des einzigen Angestellten.

»Bist du das, Violet Broussard?«

Ich sah mich um und folgte der hohen Stimme, die durch das Café schallte. Ich erstarrte. Ich hatte nicht darüber nachgedacht, wie ich damit umgehen sollte, jemanden zu treffen. Mein Blick fiel auf Lila Montgomery, eine Freundin meiner Mutter, die sich von der Tür aus auf den Weg zu mir machte. Innerlich seufzte ich. Ich war nicht in der Stimmung für ein Kreuzverhör, aber ich sollte mich wohl besser darauf einstellen.

»Aber ja, das bist du. Ich wusste es. Dich würde ich überall erkennen«, sagte Lila, als sie mich erreichte.

Ich atmete tief durch, setzte ein Lächeln auf und drehte mich zu ihr um. »Hi, Lila.«

»Ach, sieh dich nur an, meine Liebe. Du bist genauso hübsch wie deine Mutter, Schätzchen«, erwiderte sie. Lila sah größtenteils so aus, wie ich sie in Erinnerung hatte – immer noch schlank und rüstig mit strahlend blauen Augen. Ihr einst dunkles Haar war jetzt grau mit einem Lavendelstich, als hätte ihr Friseur bei der Färbung ein wenig danebengelegen.

»Danke, Lila«, sagte ich und drehte mich wieder zur Theke um.

So leicht würde ich nicht davonkommen. Sie blieb an meiner Seite stehen, während ich ein Sandwich und einen Kaffee bestellte. »Bist du wegen dieser unglücklichen Sache in der Fabrik hier?«, fragte sie in einem leisen, verschwörerischen Ton.

Ich hätte wissen müssen, dass Lila über alles, was in Lemon Bliss passierte, bestens Bescheid wusste.

»Sheriff Smith hat angerufen und mich gebeten, herzukommen«, antwortete ich.

Lila verdrehte die Augen. »Ach, Harold, macht immer aus allem ein riesen Theater. Es sei denn«, sagte sie und beugte sich näher, »es sei denn, er vermutet ein Verbrechen. Ich habe gehört, es war Mord, aber wer würde so etwas nur tun?«

»Ich habe keine Ahnung. Ich hoffe nur, dass ich die Angelegenheit klären und wieder nach Hause fahren kann«, sagte ich, während ich mein Sandwich und den Kaffee bezahlte.

»Ach, meine Liebe, deine Mutter vermisst dich schrecklich. Du solltest öfter zu Besuch kommen. Sie wird sich so freuen, dich in der Stadt zu sehen, wo du hingehörst.«

»Es ist schwierig, regelmäßig zu Besuch zu kommen. Ich habe

mein eigenes Geschäft und kann nicht immer weg«, erklärte ich ein wenig unwirsch.

Lila streckte eine Hand aus und berührte mein Haar. »Du siehst deiner Mutter so ähnlich. Dieses schwarze Haar ist so hübsch. Ich habe deine Mama immer um ihr Haar beneidet.«

Ich lehnte mich zurück und schaffte es, zu lächeln. Lila war exzentrisch, sogar noch mehr als meine Mutter, und das war kaum zu übertreffen.

»Danke, Lila, aber ich muss jetzt los und den Sheriff suchen.«

Sie machte ein tadelndes Geräusch. »Das ist eine üble Geschichte. Mord. In unserer kleinen Stadt. Wer hätte das gedacht? Das ist ein echter Krimi.«

»Ich glaube nicht, dass schon jemand weiß, ob es Mord war«, erinnerte ich sie. »Der Sheriff sagte nur, er hätte ein paar Fragen zur Fabrik.«

Sie nickte. »Mhm, das glaube ich ihm gern. Er war schon immer neugierig, was diesen Ort angeht, und uns übrigens auch«, sagte sie leise vor sich hin.

»Was meinst du damit?«, fragte ich.

»Lila, belästigst du diese arme Frau?«, ein fremder Mann trat auf uns zu und unterbrach das Gespräch.

Meine Aufmerksamkeit richtete sich sofort auf ihn. Er war neu in der Stadt. Na ja, vielleicht nicht brandneu, aber er war noch nicht da gewesen, als ich weggezogen war.

»Oh, Gabriel, du Schmeichler«, säuselte Lila und schlug ihm spielerisch auf den Arm. »Gabriel, Schätzchen, das ist unsere reizende Violet. Du kennst doch ihre Mama, Virginia. Die Broussard-Frauen gehören zu den ältesten Familien der Stadt. Ihre Urgroßmutter war sogar eine der Gründerinnen. Diese alte Zitronentee-Fabrik? Mein Lieber, du siehst gerade die Besitzerin.«

Gabriel sah mich an und ich versank in seinen großen blauen Augen. Der Mann war viel zu gutaussehend. Mit sandblondem Haar, einem starken, quadratischen Kiefer und einem Grübchen in der Wange, wenn er lächelte – du lieber Himmel, er löste ein kleines Flattern in mir aus.

»Die Besitzerin der Zitronentee-Fabrik!«, sagte er mit gespielter Aufregung, was offensichtlich als Sarkasmus gemeint war. »Ich bin Gabriel Trahan, sehr erfreut, Sie kennenzulernen«, sagte er und streckte seine Hand aus. »Man trifft nicht jeden Tag eine Zitronentee-Hoheit.«

»Sie müssen neu in der Stadt sein«, bemerkte ich, als ich seine Hand schüttelte.

Noch eines dieser Tausend-Watt-Lächeln. »Guter Punkt. Ich bin letztes Jahr hierhergezogen. Meine Tante Coral wohnt hier.«

»Dann will ich Ihnen mal verzeihen, dass Sie sich nicht vor der Hoheit verbeugen«, witzelte ich. »Was machen Sie beruflich?«

Sein Mundwinkel verzog sich zu einem flirtenden Grinsen, das mich sofort denken ließ, dass er Ärger bedeutete. Ich wollte und brauchte keinen Ärger. »Ich bin so eine Art Tausendsassa. Ich repariere Dinge, baue Dinge, was auch immer zu tun ist, ich mache es.«

»Er ist wirklich ein sehr hilfsbereiter junger Mann in einer Stadt voller Frauen eines gewissen Alters«, sagte Lila mit einem breiten Lächeln.

Ich ließ seine Hand los. »Ich muss jetzt los. Es war nett, Sie kennenzulernen, Gabriel. Schön, dich zu sehen, Lila.«

»Ach, nun lauf doch nicht gleich weg«, überredete mich Lila.

»Lila, ich muss weiter. Ich habe Sheriff Smith versprochen, direkt in sein Büro zu kommen.«

»Der Sheriff?«, warf Gabriel ein und zog seine dunkelblonden Augenbrauen hoch.

Das war die einzige Einladung, die Lila brauchte. Die Frau war eine Klatschtante von Weltformat. Ich konnte mich nicht an eine Zeit erinnern, in der sie nicht über jemanden sprach, der irgendetwas tat, oder Details über ein Ereignis in der Stadt teilte. Sie war eine Informationsdrehscheibe.

»Ja«, dehnte sie es mit ihrem übertriebenen Südstaatenakzent. »Violet hier besitzt die große, alte Fabrik am anderen Ende der Stadt. Dort wurde ein Mann tot aufgefunden. Der Sheriff vermutet ein Verbrechen.«

Gabriel sah mich an. Es war keine Überraschung, die ich in diesen endlosen blauen Augen las. Es war etwas anderes, aber ich konnte es nicht einordnen.

Ich verdrehte die Augen. »Wir wissen noch gar nichts. Lila hat eine sehr blühende Fantasie.«

»Das klingt ... ähm, überraschend. Die Fabrik steht doch leer, oder?«, fragte Gabriel.

Ich zuckte mit den Schultern. »Ob sie leer steht, weiß ich nicht, aber sie ist seit Jahren ungenutzt.«

Er nickte und hielt meinen Blick fest. »Wenn sie leer stand, woher wusste dann jemand, dass eine Leiche drin war?«

Lila zwinkerte. »Das ist eine gute Frage. Es ist ein Rätsel.«

»Sie stacheln sie nur an«, sagte ich zu ihm.

Er kicherte. »Entschuldigung. Ich muss jetzt gehen. Schön, dich wiederzusehen, Lila.« Er wandte seinen Blick wieder mir zu. Sein prüfender Blick ließ mich ein wenig zappeln. »Vielleicht sehe ich Sie ja wieder.«

»Ich fahre wieder ab, sobald ich mit dem Sheriff gesprochen habe«, schoss ich zurück.

»Schade«, grinste er und verließ das Gebäude.

Lila sah mich mit Augen an, die zu viel sahen. Manchmal glaubte ich fast an die Gerüchte, sie sei eine Hexe.

»Du weißt doch, dass der Sheriff uns die Schuld geben will. Na ja, deiner Mutter jedenfalls. Er hatte es schon immer auf uns alle abgesehen«, gluckste sie und schüttelte den Kopf.

»Wovon redest du, Lila? Warum sollte er meiner Mutter die Schuld an einem Mord geben?«

Sie packte mich am Arm und zog mich in die Ecke des Raumes. »Weil wir Hexen sind«, flüsterte sie. »Er ist überzeugt, dass wir für alles verantwortlich sind, was in dieser Stadt passiert.«

»Oh, Lila.«

»Es ist Zeit, Süße«, flüsterte sie.

»Zeit wofür?«, fragte ich und wurde mit jeder Minute verwirrter.

Sie richtete sich zu ihrer vollen Größe auf und sah mir direkt in die Augen. »Violet, es ist Zeit für dich, deine Position als Anführerin einzunehmen. Es ist Zeit, die Fackel von der Mutter an die Tochter weiterzugeben.«

Lila war nicht so alt. Sie war im Alter meiner Mutter, aber offensichtlich hatte sie Demenz. »Anführerin von was?«

»Des Zirkels.«

»Was? Lila, du hast zu viel ferngesehen.«

Sie stemmte die Hände in die Hüften und starrte mich an. »Nein, habe ich nicht. Es ist Zeit, Violet. Wir haben alle lange genug gewartet. Es ist Zeit.«

Kopfschüttelnd und lachend verließ ich das Gebäude. Ich hatte nicht vor, mich auf ihren verrückten Unsinn einzulassen.

KAPITEL ZWEI

Ich fuhr geradewegs zu dem kleinen Gebäude, in dem das Rathaus und das Büro des Sheriffs untergebracht waren. Der Sheriff war nicht da, was meine Ungeduld nur noch steigerte. Ich war drei Stunden gefahren, um persönlich mit ihm zu sprechen, und der Mann hatte nicht den Anstand, auf mich zu warten.

»Wann ist er wieder da?«, fragte ich die ältere Dame, die sozusagen seine Sekretärin und Disponentin war.

»Tja, das kann ich nicht sagen. Er wurde zur alten Mrs. Blankenship gerufen. Jemand ist schon wieder in ihren Wurzelkeller eingebrochen.«

Ich nickte verständnisvoll. Es war derselbe Anruf, den sie jede Woche machte, seit ich denken konnte. Die Frau war schon dement, als ich noch ein kleines Mädchen war. Sie war felsenfest davon überzeugt, dass jemand einbrach und all ihre hausgemachte Marmelade stahl. Jede Woche. Als Teenager hatten wir uns mehr als einmal beim Wurzelkeller auf die Lauer gelegt, um zu sehen, ob wir den Übeltäter erwischen konnten. Das ist uns nie gelungen, und es dauerte nicht lange, bis ich den Verdacht hegte, dass der Diebstahl sich nur in Mrs. Blankenships Kopf abspielte.

»Danke. Kannst du ihm bitte ausrichten, dass Violet Broussard hier war und ich hoffe, bald mit ihm sprechen zu können?«

Die Frau lächelte. »Ich weiß, wer du bist, mein Kind. Ich sag es ihm, sobald er zurück ist. Übernachtest du im Haus deiner Großmutter?«

»Ich nehme an, das werde ich wohl müssen«, brachte ich hervor. Was ich als Nachmittagstrip geplant hatte, schien sich definitiv zu mehr auszuwachsen.

»Ich werde ihm ausrichten, dass du hier warst«, sagte sie. »Ich bin neulich vorbeigekommen, um an den Blumen am Haus deiner Großmutter zu riechen. Es ist, als wäre sie immer noch da und würde sich um diese wunderschönen Rosen kümmern«, sagte sie wehmütig.

Ich nickte und fragte mich, ob sie auch ein wenig dement wurde. »Schön, dass sie noch blühen.«

»Ach, Schätzchen. Sie sind das Stadtgespräch. Ich glaube, sie hat sie verhext.«

»Wen verhext?«, fragte ich, nach dem, was Lila gesagt hatte, plötzlich auf der Hut.

»Die Blumen. Niemand hat einen so grünen Daumen. Ich stelle mir vor, dass einer ihrer Zaubersprüche sie so schön gemacht hat.«

Na schön. »Also gut, ich schätze, ich gehe dann mal nach dem Haus und den Blumen sehen. Bitte richte dem Sheriff aus, dass ich wenig Zeit habe und das alles lieber so schnell wie möglich hinter mich bringen würde.«

Die Frau kicherte. »Du kennst doch Harold. Der Mann lässt sich bei allem immer eine Ewigkeit Zeit.«

Ich biss die Zähne zusammen und verkniff mir eine Erwiderung. Das wusste ich, weshalb ich überhaupt nur widerwillig hierhergefahren war. Lemon Bliss und seine Bewohner bewegten sich im Schneckentempo. Ich hatte Besseres zu tun, als hier herumzusitzen und darauf zu warten, dass der Sheriff mir Fragen stellte, die ich unmöglich beantworten konnte.

Meine Verärgerung unterdrückend ging ich zu meinem Auto

zurück. Harold Smith, der einzige Sheriff von Lemon Bliss, hatte mich so gut wie herbeordert und war dann nicht einmal da, um mir die Fragen zu stellen, die angeblich zu wichtig waren, um sie am Telefon zu besprechen.

»Verdammt!«, murmelte ich, als ich sicher im Auto saß.

Ich starrte aus der Windschutzscheibe und überlegte, was ich tun sollte. Es war kurz vor dem Frühling und eine Gruppe Azaleen vor der Polizeiwache war voller Knospen. Ich ließ meinen Blick über die Gegend schweifen und betrachtete die ruhige Innenstadt mit ihren malerischen Ladenfronten, den Gehwegen, die von Blumenkästen gesäumt waren, die bald in voller Blüte stehen würden, den Bäumen, die entlang der Straßen ein schattiges Blätterdach bildeten, und den paar Leuten, die auf den Bürgersteigen schlenderten. Lemon Bliss war eine ruhige, friedliche Stadt. Wenn man nicht wüsste, dass wir das Jahr 2018 schrieben, könnte man hier leicht landen und sich fragen, ob es 1950 wäre. Es hatte sich nicht viel verändert. Oh, die Bewohner waren nicht in der Vergangenheit stecken geblieben oder so. Es war nur so, dass Lemon Bliss weit genug von allen städtischen Gebieten entfernt war, sodass es ruhig blieb, und die Leute mochten es so.

Als mein Magen knurrte, fiel mir mein Sandwich wieder ein, das ich schnell verschlang, in der Hoffnung, Harold würde zurückkehren, bis ich fertig war. Tat er nicht. Also musste ich wohl zum Haus meiner Oma fahren. Oder besser gesagt, zu meinem Haus. Ich hatte das viktorianische Heim zusammen mit der Fabrik geerbt. Ich hatte die Vor- und Nachteile eines Verkaufs abgewogen, konnte mich aber nicht dazu durchringen. Es fühlte sich falsch an. Meine Mutter wollte es nicht und verwies auf mein Schicksal und den ganzen Kram. Sie lebte ihres, und ich musste meines leben. Noch mehr von dem wirren Gerede meiner Mutter.

Ich fuhr an den Stadtrand, vorbei an der krummen Eiche und auf das Haus meiner Oma zu. In der Ferne konnte ich die Fabrik sehen. Der Anblick des alten, grauen Gebäudes, das wie ein

Wächter über der Stadt thronte, jagte mir einen Schauer über den Rücken. Der Ort war mir schon immer unheimlich gewesen. Es war ein gewaltiges, altes Bauwerk in einer Stadt voller zweistöckiger Häuser und malerischer Gebäude. Nichts anderes war auch nur annähernd so groß wie diese Fabrik.

Als ich in die Einfahrt des großen, viktorianischen Hauses einbog, starrte ich. Die Blumen wucherten unkontrolliert. Tausende von bunten Blumen bedeckten den Garten, schlängelten sich die Geländer der überdachten Veranda empor und verschlangen den kleinen, weißen Lattenzaun, von dem ich wusste, dass ich beim Einbiegen an ihm vorbeigefahren war, vollständig.

»Wow!«, rief ich aus und starrte auf die lebhafte Farbexplosion. Jetzt verstand ich, wovon die Sekretärin gesprochen hatte. Es war eine erstaunliche Pracht, die jeden Gärtner neidisch machen würde.

Ich musste dem Hausmeister, den ich engagiert hatte, einen besonderen Dankesbrief schicken. So gesunde, üppige Blumen hatte ich noch nie gesehen. Diese Person verdiente die Anerkennung, nicht irgendein albernes Gerücht über Hexerei.

Ich stieg aus dem Auto und ging auf die Veranda. Omas liebster hölzerner Schaukelstuhl stand immer noch da. Er sah nicht im Geringsten abgenutzt aus. Ich setzte mich, atmete den Duft der Blumen ein und lächelte bei dem Gedanken an meine Großmutter. Ich vermisste sie.

Ich zog mein Handy hervor, in der Hoffnung, Empfang zu haben, und rief Tara an.

»Hallo!«, begrüßte sie mich. »Sag bloß, du bist schon wieder auf dem Rückweg!«

Ich kicherte. »Ich wünschte, es wäre so. Nein, es sieht so aus, als müsste ich die Nacht hier verbringen«, sagte ich und warf einen Blick auf meine Uhr. »Der Sheriff wurde zu einem Einsatz gerufen. Ich warte darauf, mit ihm zu sprechen, aber der Mann ist nicht gerade der Effizienteste«, erklärte ich mit einem Seufzer.

»Oh, das tut mir leid, aber dann hast du wenigstens Zeit, deine Mutter zu besuchen, oder?«

Ich zuckte zusammen. Ich wusste, meine Mutter würde mir eine Predigt halten, weil ich nicht zu Besuch kam. »Ja, ich schätze schon.«

»Gibt es da so etwas wie ein Spukhotel, in dem du wohnen kannst?«, fragte sie aufgeregt.

»Nein, ich werde im Haus meiner Oma bleiben. Meinem Haus«, korrigierte ich mich, immer noch unfähig zu akzeptieren, dass mir dieser wunderschöne Ort gehörte.

»Du besitzt ein Haus?«, fragte sie schockiert.

»Ja. Es gehörte meiner Großmutter. Sie hat es mir vermacht.«

»Heiliger Strohsack! Ich wusste gar nicht, dass du schwerreich bist. Ich glaube, wir müssen bessere Freundinnen werden«, scherzte sie. »Deine Großmutter hat dir alles hinterlassen?«

»Ja. Meine Mutter hat zwar eine beträchtliche Summe Bargeld geerbt, aber alles andere ging an mich.« Den Teil, dass ich den Löwenanteil ihres Vermögens erhalten hatte, ließ ich aus. Ich mochte es nicht, wenn die Leute das wussten. »Glaub mir, wenn du sehen würdest, was ich geerbt habe, würdest du schreiend weglaufen.«

»Das bezweifle ich. Ist es ein großes Haus?«

Ich drehte mich um und betrachtete das Haus hinter mir. »Ich schätze schon. Es ist alt. Es wurde um die Jahrhundertwende zum zwanzigsten Jahrhundert erbaut. Meine Oma hat es etwas modernisiert, aber nicht viel. Es hat vier Schlafzimmer, alle eher klein, und zwei Badezimmer.«

»Das klingt fantastisch. Mach Fotos! Ich will es sehen«, lachte sie. »Spukt es dort?«

»Was hast du eigentlich immer mit deinen Spukhäusern?«

»Du weißt doch, dass ich auf so was stehe. Ich kann Halloween kaum erwarten. Ich habe vor, dieses Jahr nach New Orleans zu fahren. Vergiss nicht, ich bin die ganze Woche weg«, erinnerte sie mich zum bestimmt zehnten Mal. Halloween war noch Monate hin, aber sie plante lächerlich weit im Voraus.

»Ich weiß, ich weiß, du verrückte Nudel. Eines Tages wirst du einsehen, dass der ganze Kram Blödsinn ist.«

»Niemals. Auf keinen Fall. Ich glaube an das Übernatürliche. Das solltest du auch«, sagte sie entschieden. »Es gibt alle möglichen Kreaturen, die unter uns wandeln. Man muss nur daran glauben.«

Ich hasste es, über so etwas zu reden. Das ging mir ein wenig zu nah, da ich unter einer Wolke des Misstrauens aufgewachsen war. In der Stadt hatte es schon immer Gerüchte über meine Mutter und meine Großmutter gegeben. Ich erinnerte meine Freunde immer wieder daran, dass ich die Erste wäre, die es wüsste, wenn die Gerüchte wahr wären. Aber es half nichts. Nichts konnte den Klatsch jemals davon abhalten, regelmäßig die Runde zu machen.

»Ich glaube kein Wort davon«, sagte ich ihr und meinte es auch so. »Wie läuft sonst alles bei dir?«, fragte ich und wechselte gezielt das Thema.

Sie kicherte. »Hier ist alles in Ordnung. Entspann dich und genieß deinen Besuch. Oh, ich bekomme gerade einen Kunden, ich muss los. Ruf mich an, sobald du etwas weißt. Ich muss das alles durch dich miterleben!«

Mit einem Augenrollen legte ich auf. Wie schön, dass jemand diesen Schlamassel genoss. Ich fischte den Schlüsselbund hervor, den ich seit Jahren mit mir herumtrug, obwohl ich ihn nie benutzt hatte. Er war per Post gekommen, zusammen mit der Eigentumsurkunde für das Haus und die Fabrik. Ich hatte einen Hausmeister eingestellt, als meine Mutter sich geweigert hatte, für mich ein Auge auf die Dinge zu haben, mit der Begründung, es sei meine Verantwortung. Die Einstellung des Hausmeisters hatte mir große Genugtuung verschafft. Das hatte ich ihr gezeigt.

»Na dann mal los«, murmelte ich und erwartete Staubschichten, Spinnweben überall und mit Laken abgedeckte Möbel.

Ich stieß die Haustür auf und stand wie erstarrt da. Ich konnte mich nicht bewegen.

Das Haus war genau so, wie Oma es verlassen hatte. Ich konnte fast den Duft von frisch gebackenem Brot riechen, der aus der alten Küche kam. Wieder einmal nahm ich mir vor, dem Hausmeister eine Nachricht zukommen zu lassen. Das Haus war in einem makellosen Zustand.

Die glänzenden Mahagoniböden waren gewachst und auf Hochglanz poliert. Meine Finger strichen über die Armlehne eines der antiken Sofas, das zwei antiken Sesseln gegenüberstand. Alle waren sauber, ohne ein einziges Staubkorn. Ich ging durch das Wohnzimmer in die Küche, wo ich viele schöne Erinnerungen an das Backen mit meiner Großmutter hatte.

Ich blieb in der Küche stehen und schloss die Augen. Ich konnte sie praktisch spüren, wie ihre Hände auf dem großen Metzgerblock auf der Kücheninsel eifrig Teig kneteten. Ich konnte die Hefe riechen, vermischt mit dem allgegenwärtigen Zitronenduft in der Luft, und ihre Stimme hören, wie sie mir Geschichten erzählte, während sie arbeitete. Sie fehlte mir schrecklich.

»Ich dachte mir, dass ich dich hier finden würde«, riss mich die Stimme meiner Mutter aus der lebhaften Erinnerung.

Ich wirbelte herum, erschrocken, sie zu sehen. »Hi, du hast mich erschreckt.«

»Hast du gerade ein wenig Zeit mit deiner Großmutter verbracht?«, fragte sie vollkommen ernst.

Das war meine Mutter. Die mit den Geistern kommuniziert. »Nein, ich habe mich nur daran erinnert, wie ich hier mit ihr gebacken habe. Es roch immer nach Brot und Zitronen und das tut es immer noch.«

Sie nickte mit einem wissenden Lächeln. »Sie ist hier.«

»Was?«

»Du kannst sie spüren. Das musst du zugeben, Violet. Jedes Mal, wenn ich hierherkomme, kann ich sie spüren. Schließ deine Augen und öffne deinen Geist.«

Ich zuckte mit den Schultern. Ich musste gar nichts zugeben.

Meine Mutter war die Verrückte, die dieses Geister-Ding machte. Nicht ich.

»Hast du das Haus in Schuss gehalten?«, fragte ich und überlegte plötzlich, ob meine Mutter ihre Meinung geändert hatte.

»Nein. Ich kam heute früh vorbei und habe die Betten frisch bezogen und diese schrecklichen Laken von den Möbeln entfernt. Ich wollte, dass es für dich bereit ist. Mit diesen Laken sieht es hier so trist aus. Ich hasse diese Dinger. Warum besteht dieser Mann darauf, die Möbel damit abzudecken?«

»Um die Möbel zu schützen. Es ist ja nicht so, als ob jemand sieht, wie trist es aussieht«, entgegnete ich.

»Nun, du würdest es sehen, deshalb habe ich sie abgenommen.«

»Ich hatte eigentlich gar nicht vor, hierherzukommen.«

Sie ignorierte meine Bemerkung. »Ich habe dir ein paar Sachen mitgebracht«, sagte sie und hielt ein paar Tüten hoch.

»Was denn zum Beispiel?«

»Ein paar Lebensmittel und Toilettenartikel. Ich dachte mir, dass du nicht daran gedacht hättest, das einzupacken.«

»Danke. Das habe ich nicht. Ich hatte nicht vor, über Nacht zu bleiben«, wiederholte ich.

Eine ihrer perfekt geformten schwarzen Augenbrauen hob sich. »Was meinst du damit? Natürlich bleibst du hier.«

»Ich hatte gehofft, die Fragen des Sheriffs zu beantworten und heute Abend nach Hause zu fahren. Ich will hier nicht länger bleiben, als ich muss.«

»Violet, siehst du das nicht? Das ist ein Omen. Es ist Zeit für dich, nach Hause zu kommen«, sagte sie, während sie auf mich zukam und ihre Bettelarmbänder bei jeder Bewegung leise klimperten. »Deine Großmutter hat dir das Haus hinterlassen, damit du hier leben und deine eigene Tochter hier aufziehen kannst.«

Meine Ohren konzentrierten sich auf das Klimpern ihrer Armbänder und blendeten aus, was sie sagte. Da sowohl meine Mutter als auch meine Großmutter während meiner Kindheit haufenweise Armbänder trugen, erinnerte mich das Geräusch an meine Kindheit. Es versetzte mich zurück in eine einfachere Zeit. Eine Zeit, bevor ich erwachsen sein musste und die wehmütigen Fantasien aufgeben musste, die meine Mutter und meine Großmutter immer spannen.

Ich blinzelte ein paar Mal, fast hypnotisiert von den Anhängern. »Mom, ich bleibe nicht. Ich habe ein Leben und ein Geschäft, zu dem ich zurückkehren muss. Das hier ist nicht mehr mein Zuhause.«

Sie drehte sich um und begann, die Taschen auszupacken. Sie kehrte mir den Rücken zu, sodass ich ihren Gesichtsausdruck nicht sehen konnte, aber das war auch nicht nötig, um zu wissen, dass sie verärgert war.

»Ich dachte, du würdest bleiben. Das ist wichtig, Violet. Wir brauchen dich.«

»Was ist denn so wichtig?«

Sie drehte sich um und sah mich an. »Wir. Ich. Die Mädchen. Der Sheriff hat da so seine Vorstellungen, was seiner Meinung nach in der Fabrik passiert sein könnte.«

»Was glaubt er denn, was passiert ist?«, fragte ich und wurde langsam etwas besorgt.

»Warum glaubst du, hat er dich hergebeten?«

Ich zuckte mit den Schultern. »Ich weiß nicht. Das hat er nicht wirklich gesagt. Er hat angedeutet, dass ich als Besitzerin ein paar Fragen beantworten müsste.«

»Er will herumschnüffeln.«

»Worin herumschnüffeln, Mom? Was macht dir solche Sorgen?«

Sie seufzte, mehr resigniert als frustriert. »Ach, Violet. Du musst noch so viel lernen.«

KAPITEL DREI

Meine Mutter war nach einem Anruf gegangen und hatte mich allein im Haus zurückgelassen, um über ihre ziemlich kryptische Nachricht nachzugrübeln. Na ja, nicht wirklich allein, schätze ich, denn ihr zufolge leistete Omas Geist mir Gesellschaft.

Als mein Telefon klingelte, schrie ich auf und sprang fast einen Meter in die Luft. Das ganze Gerede über Hexen und Geister hatte mich ziemlich fertiggemacht, auch wenn ich nicht wirklich an so etwas glaubte.

»Hallo?«, meldete ich mich.

»Violet Broussard?«

»Ja. Darf ich fragen, wer am Apparat ist?«

»Hier ist Sheriff Smith. Tut mir leid, dass ich Sie vorhin verpasst habe. Haben Sie jetzt Zeit, mich im Büro zu treffen, oder möchten Sie bis morgen warten?«

Ich schaute auf meine Uhr. Es war erst fünf, also überhaupt nicht zu spät. »Ich komme sofort rüber. Geben Sie mir etwa fünfzehn Minuten.«

Nachdem ich mich kurz im Bad frisch gemacht hatte, verließ ich das Haus. Als ich am Büro des Sheriffs vorfuhr, wartete er draußen auf mich. Ich nahm den stämmigen, glatz-köpfigen Mann in Augenschein – sein Aussehen hatte sich in den letzten zwanzig Jahren kaum verändert. Er war etwas gealtert und hatte mehr Haare verloren, aber er wirkte immer noch so unbeholfen.

»Wir fahren mit meinem Wagen rüber«, sagte er zur Begrüßung.

»Rüberfahren?«, fragte ich, etwas überrumpelt.

»Zur Fabrik.«

»Oh, ich wusste nicht, dass ich dorthin muss«, sagte ich, etwas beklommen bei dem Gedanken, den Ort eines Todesfalls zu besuchen, ganz gleich, ob es sich um einen Unfall oder Absicht handelte.

Er beäugte mich misstrauisch, was mir ein wenig unangenehm war. Der Mann war scheinbar schon ewig der Sheriff des Countys. Ich hatte das Glück gehabt, nie wirklich mit ihm aneinanderzugeraten, aber er schaffte es trotzdem, mir das Gefühl zu geben, etwas falsch gemacht zu haben.

»Sie können vorne mitfahren«, sagte er und deutete auf seinen Pick-up mit verlängerter Fahrerkabine und dem verräterischen breiten grünen Streifen an der Seite.

»Äh, danke«, murmelte ich. Als ob ich hinten mitfahren würde! Ich war keine Kriminelle. Ich war lediglich aus Höflichkeit ihm gegenüber hier.

Er fuhr in völligem Schweigen zur Fabrik, und die Spannung im Fahrzeug machte mich nervös. Es war schlimmer als jeder Verhörraum. Na ja, das nahm ich jedenfalls an, da ich noch nie wirklich verhört worden war, aber ich stellte mir vor, dass es so ähnlich sein musste.

Er hielt den Wagen vor dem Seiteneingang des alten Gebäudes an. Ich sprang aus dem Pick-up, begierig darauf, aus dem engen Raum herauszukommen.

»Haben Sie den Schlüssel?«, fragte er.

»Äh, warum sollte ich? Sie waren doch schon hier rein und raus, oder nicht?«, fragte ich und deutete auf das Absperrband an der Tür.

Er lächelte und nickte. »Das stimmt. Ich habe mein eigenes

Vorhängeschloss angebracht, um die Leute fernzuhalten. Die Leute sind neugierig auf diesen Ort.«

Wieder einmal musste ich mich davon abhalten, das auszusprechen, was ich dachte. Er konnte doch unmöglich glauben, dass ich irgendetwas mit dem Tod des Mannes zu tun hatte. Ich war zweihundert Meilen weit weg gewesen.

Er schloss das Vorhängeschloss auf und stieß die massive Stahltür auf. Durch die hohen Fenster fiel Licht herein, das für ausreichend Helligkeit sorgte, um auf den oberen Etagen ins Innere zu sehen.

»Was machen wir hier?«, fragte ich, müde von den Spielchen.

»Ich wollte mit Ihnen reden.«

Der Mann machte mich nervös. War es wirklich die beste Idee, hierherzukommen, ganz allein mit einem Mann, den ich kaum kannte? Sicher, er war das Gesetz, aber das bedeutete nicht viel.

»Worüber? Warum konnten wir nicht in Ihrem Büro reden?«, fragte ich und unterdrückte meine aufkeimende Angst.

Ich machte ein paar Schritte nach links, da ich plötzlich nicht mehr in Reichweite des Mannes sein wollte.

Meine gummibesohlten Schuhe waren auf dem Betonboden der Fabrik lautlos. Ich nahm mir eine kurze Sekunde Zeit, um mich nach Fluchtwegen umzusehen, nur für den Fall. Ich sah jede Menge potenzieller Waffen, die ich im Notfall einsetzen konnte. All die alten Maschinen und verschiedenen Werkzeuge, die einst zum Verpacken der hier hergestellten Zitronentees verwendet wurden, standen noch an ihren ursprünglichen Plätzen. Es war unheimlich, als ob ein typischer Arbeitstag zu Ende gegangen wäre und alle nach Hause gegangen wären, in der Absicht, zurückzukehren, es aber nie getan hätten.

Der Staub lag dick, und als wir gingen, wirbelte er den Schmutz auf dem Boden auf. Die Sonne, die durch die Fensterreihe fiel, ließ jedes kleine Staubpartikel in der Luft aufleuchten.

»Der Mann, der hier getötet wurde, hieß Dale Johnson. Er war einer dieser übernatürlichen Ermittler«, erklärte er.

Ich nickte. »Okay.«

»Dale und sein Kumpel George Cannon waren seit etwa zwei Wochen in der Stadt.«

»Warum?«

Er sah mich an. Ich spürte, wie er mich musterte und versuchte herauszufinden, ob ich log oder die Wahrheit sagte.

»Um den Hexenzirkel zu untersuchen.«

Ich spürte, wie mir das Blut in den Adern gefror. Ich schluckte den Kloß in meinem Hals hinunter. »Hexenzirkel?«, quiekte ich.

»Japp, können Sie diesen Unsinn glauben? Diese Kerle gehören zu irgendeiner Gruppe von paranormalen Ermittlern oder so was. Sie reisen durchs Land und untersuchen das Übernatürliche. Dale kam aus Lemon Bliss und sagte, er hätte diese alte Fabrik schon immer mal untersuchen wollen. Er war überzeugt, dass es hier spukt und sie auf altem Hexengrund erbaut wurde«, sagte er und schüttelte ungläubig den Kopf.

»Ich bin nicht sicher, was all das mit mir zu tun hat, Sheriff?«

»Nun, das ist Ihr Grundstück. Ich dachte, Sie hätten vielleicht eine Ahnung, warum diese beiden Vögel dachten, es gäbe hier drinnen etwas zu finden.«

Ich schüttelte den Kopf. »Nein. Ich hatte keine Ahnung, dass die ermittelt haben. Ich meine, das hier ist Privatgelände. War das nicht Hausfriedensbruch?«

Er zuckte mit den Schultern. »Tja, wenn man bedenkt, dass einer von ihnen tot ist, ist das wohl kaum noch ein großes Problem, finden Sie nicht auch? Ich denke, wir sollten uns darauf konzentrieren, wie ein Mann in Ihrem Gebäude zu Tode gekommen ist«, sagte er mit einem leicht anklagenden Unterton.

»Ich sehe nicht, inwiefern das überhaupt mein Problem ist. Wenn ich schon keine Anzeige wegen Hausfriedensbruchs erstatten kann und hier nicht einmal wohne, warum sollte ich da mit reingezogen werden?«

»Wollen Sie mir verraten, wer sonst noch Zugang zu diesem Grundstück hat?«

Ich zuckte mit den Schultern. »Anscheinend jeder. Ich habe Schlüssel und meine Mutter hat einen Satz, aber wenn man bedenkt, dass diese Männer hier reingekommen sind, schätze ich, eine abgeschlossene Tür ist kein großes Hindernis.«

»Sie und Ihre Mutter haben Schlüssel?«

Ich nickte, ohne mir bei der Frage etwas zu denken. Natürlich hatten wir Schlüssel.

Wir gingen durch die Fabrikhalle zur Metalltreppe. Der Sheriff begann, die Stufen hinaufzusteigen. Als ich ihm nicht folgte, schaute er zu mir herunter. »Hier entlang, bitte.«

Widerstrebend stieg ich eine Stufe hoch und folgte ihm in den zweiten Stock des vierstöckigen Gebäudes. Vom zweiten Stock aus blickte man auf den ersten hinunter, und auch auf dieser Ebene standen weitere Maschinen.

»Hier drüben«, machte er eine Geste.

Ich folgte ihm zu der Stelle, an der er stand, und sah mich um. »Was ist?«

»Dieser George hat mir erzählt, dass sie hier paranormale Aktivitäten festgestellt haben.«

»Sollte ich jetzt etwas spüren?«, fragte ich trocken.

»Nun, das nehme ich nicht an, aber ich dachte, Sie sollten wissen, dass der Mann genau hier gestorben ist.«

Ich trat einen Schritt zurück und wollte sofort etwas Abstand zwischen mich und diesen Ort bringen. Es war schaurig. Vielleicht nicht übernatürlich schaurig, aber doch sehr unheimlich.

»Okay, jetzt weiß ich Bescheid. Ich habe keine Antworten für Sie, nicht dass Sie mir wirklich irgendwelche Fragen gestellt hätten«, merkte ich an.

Er starrte auf etwas, das wie ein Wäscheabwurfschacht aussah. Ich fragte mich, warum es in einer Fabrik einen Wäscheabwurfschacht geben sollte.

»Hallooo!«, schallte eine Stimme von unten.

Sheriff Smith sah mich frustriert an. Ich wusste, dass er die Stimme erkannte. Ich jedenfalls tat es, denn es waren erst wenige

Stunden vergangen, seit ich das letzte Mal mit ihr gesprochen hatte.

»Lila, was machst du hier?«, rief er.

Ich folgte ihm die Industrietreppe wieder hinunter und war sehr froh, dass wir nicht ganz nach oben mussten.

»Ich habe dein Auto draußen gesehen«, rief sie zurück.

Wir stiegen die Treppe hinab und fanden Lila dort stehen.

»Oh, Violet, du bist auch hier«, sagte sie mit dieser hohen Stimme.

»Hallo, Lila.«

»Warum bist du hier?«, fragte er erneut.

»Harold, schrei mich nicht an«, schimpfte sie. »Ich wollte sehen, was du gefunden hast. Etwas Interessantes?«

»Lila, du weißt, dass ich keine Details zu einer laufenden Ermittlung preisgeben kann.«

Das schien sie nervös zu machen. »Wirklich? Es gibt eine Ermittlung? Was glaubst du, was passiert ist? Ich habe gehört, der Mann war einer dieser Geisterjäger.«

»Das wird erzählt.«

»Haben sie etwas gefunden? Ich meine, gab es etwas Übernatürliches?«, bohrte sie nach.

Harold blickte auf seine Füße und scharrte nervös mit ihnen.

»Haben sie?«, fragte ich.

Er zuckte mit den Schultern. »Ehrlich gesagt, weiß ich es nicht. Ich glaube nicht wirklich an so was.«

Lila lächelte. »Na ja, ich glaube nicht, dass man an etwas glauben muss, damit es real ist.«

Er sah sie an, als wäre sie verrückt. »Das ist das Verrückteste, was ich je gehört habe, Lila.«

»Ich finde, es ist nur fair, dass wir wissen sollten, ob wir Geister unter uns haben. Findest du nicht auch, Violet?«

Ich hatte keine Ahnung, was ich sagen sollte. Ich war mir nicht so sicher, ob ich wissen wollte, ob es Geister unter uns gab. Ich musterte Lila. Etwas stimmte nicht. Sie log. Lila hatte keine

Angst vor Geistern. Sie war eine der besten Freundinnen meiner Mutter und jeder wusste, dass meine Mutter eine sehr große Vorliebe für die Geisterwelt hatte. Lila sah besorgt aus.

Harold blickte zwischen Lila und mir hin und her, bevor er die Hände in die Luft warf. »Violet, ich würde es begrüßen, wenn Sie ein paar Tage hierbleiben, bis wir das alles geklärt haben.«

»Sheriff«, begann ich zu protestieren, wurde aber von Lila unterbrochen.

»Deine Mutter wird begeistert sein, das zu hören«, sagte sie mit einem riesigen Lächeln im Gesicht.

»Warum?«, Ich starrte den Gesetzeshüter an, der meinem Blick auswich.

Er räusperte sich. »Hier ist irgendetwas im Gange, und ich habe das Bauchgefühl, dass Sie darin verwickelt sind.«

»Was?«, fragte ich entsetzt. »Sind Sie verrückt geworden?«

Lila lächelte und tätschelte meinen Arm. »Keine Sorge, Süße, das wird sich alles klären. Harold ist nur vorsichtig.«

Der Mann weigerte sich, mir in die Augen zu sehen. Ich war mir sicher, dass er meine Wut spüren konnte, die von mir ausging. Ich war stinksauer.

»Lila, kannst du mich mitnehmen?«, fragte ich und starrte Harold an, bis er mich endlich ansah. »Ist das in Ordnung oder stehe ich unter Arrest oder so?«

»Nein, das stehen Sie nicht. Ich melde mich bei Ihnen«, versprach er.

Lila und ich verließen die Fabrik. Ihr kleiner grüner VW-Käfer parkte neben dem Truck des Sheriffs.

»Was sollte das Ganze?«, fragte ich, als wir auf dem Weg zu meinem Auto waren.

»Was, meine Liebe?«, fragte Lila unschuldig.

»Warum bist du zur Fabrik gekommen und was weißt du über den Mann, der getötet wurde?«

»Ich weiß gar nichts, meine Liebe. Ich war nur neugierig«, sagte sie mit ihrer singenden Stimme.

Ich glaubte ihr nicht. »Man fährt nicht zu einem aktiven Tatort, nur weil man neugierig ist, Lila.«

Sie hob eine ihrer zierlichen Schultern. »Du weißt doch, wie gerne ich auf dem Laufenden bleibe, was hier so passiert.«

Ich ließ es gut sein, aber irgendetwas fühlte sich komisch an. Sobald Lila mich bei meinem Auto abgesetzt hatte, rief ich Tara an.

»Hallo«, sagte ich, und meine Frustration war in meiner Stimme deutlich zu hören.

»Du kommst morgen nicht zurück, oder?«

»Nein. Hoffentlich übermorgen. Die Dinge sind hier ein wenig verworren.«

»Oha, das klingt nicht gut.«

Ich seufzte. »Nein, nicht wirklich. Ich weiß wirklich nicht, was ich tun kann, aber es ist wahrscheinlich am besten, wenn ich hier bin.«

»Ich schaffe das mit der Bäckerei schon. Mach dir keine Sorgen. Verbringe etwas Zeit mit deiner Mutter. Sieh es einfach als Wochenendausflug an. Ich habe gehört, normale Leute machen so was«, witzelte sie.

Ich stöhnte über ihren Humorversuch. »Danke dir. Ich rufe dich morgen an und erzähle dir, was los ist. Hoffentlich hat sich das bis dahin alles erledigt.«

Wieder im Haus meiner Großmutter, machte ich einen kleinen Rundgang, ging durch jedes Zimmer und schwelgte in Erinnerungen. Als ich die Tür zu ihrem Zimmer aufstieß, verschlug es mir den Atem. Ihr großes Himmelbett stand genau dort, wo es schon immer gestanden hatte.

»Oh Oma«, flüsterte ich, während ich ins Zimmer trat und auf ihre große Kommode mit den verschiedenen Fläschchen obendrauf zuging.

Alles sah noch genauso aus, wie sie es hinterlassen hatte. Ich vermisste sie sehr. Ein kalter Lufthauch strich mir über den Nacken. Ich fuhr herum, weil ich das Gefühl hatte, dass jemand hinter mir stand. Aber da war niemand. Ich schüttelte das Gefühl ab und ging wieder nach unten, um eines der Mikrowellengerichte warmzumachen, die meine Mutter mir vorhin gebracht hatte.

KAPITEL VIER

Ich verbrachte den größten Teil des Vormittags damit, durch das große Haus zu streifen. Ich hatte Tara angerufen, um nach dem Geschäft zu sehen, und sie hatte mir versichert, dass es ein typischer Mittwoch war, ruhig und langweilig. Wir plauderten ein paar Minuten, bevor sie losmusste. Danach war ich ganz allein in dem großen Haus.

Hellwach wie ich war, hatte ich nichts zu tun. Egal, wie sehr ich es auch versucht hatte, ich hatte einfach nicht ausschlafen können. Ich war Bäckerin. Bäcker stehen mit der Sonne auf. Ich besaß seit fünf Jahren meine eigene Bäckerei und hatte eine innere Uhr ohne Schlummertaste.

Die Langeweile wurde mir schnell zu viel und ich beschloss, mir im Coffeeshop eine Tasse Kaffee zu holen. Ich war hungrig und brauchte richtiges Koffein, etwas Stärkeres als den Tee, den meine Mutter mir in mein kleines Versorgungspaket gepackt hatte.

Als ich ins Crooked Coffee kam, war ich erleichtert, dass es leer war, sodass ich meinen Kaffee in Ruhe genießen konnte. Ich bestellte auch einen Muffin. Ich sah mir immer gerne die Konkurrenz an, auch wenn dieser kleine Laden nicht wirklich eine Konkurrenz für meine eigene, mehrere Stunden entfernte Bäckerei war.

Ich nippte an meinem Kaffee und biss in den Muffin. Er war gut, wirklich gut. Die Tür ging auf und ich blickte gerade noch rechtzeitig auf, um zu sehen, wie Lila hereinkam. *Mist.*

»Violet! Da bist du ja! Ich war gerade beim Haus und habe dich gesucht. Coral, sie ist hier!«, rief die Frau zur Tür hinaus.

Ich wartete und fragte mich, was eigentlich los war. Warum sollten sie nach mir suchen?

»Was ist los?«, fragte ich und fürchtete mich schon fast davor, herauszufinden, warum sie mich so dringend brauchten.

Lila ließ sich auf den Stuhl fallen. »Es geht um deine Mutter.«

Ich war sofort in Alarmbereitschaft. »Was ist mit meiner Mutter?«

Coral winkte mir mit den Fingern zu und zog einen weiteren Stuhl an meinen winzigen Tisch.

»Hallo, Violet. So schön, dich zu sehen. Du siehst umwerfend aus, ganz wie deine Mama.«

Ich nickte besorgt. »Danke, aber was ist mit meiner Mutter los?«

»Oh, mit ihr ist nichts *los*«, stellte Lila klar. »Es geht darum, was passieren könnte.«

Ich schloss die Augen und zählte bis drei. »Was könnte passieren?«

Coral und Lila wechselten einen Blick, bevor Coral antwortete. »Sie spricht mit Harold, und er ist nicht gerade freundlich.«

Lila lachte auf. »Freundlich? Der Mann ist wie ein Hund, der einen Knochen wittert. Er lässt einfach nicht locker.«

»Warum redet er mit Mom, und was lässt er nicht locker?«

Coral räusperte sich. »Vielleicht können wir zu dir zurückgehen und darüber reden?«, fragte sie und blickte sich in dem leeren Laden um, als ob sie befürchtete, wir würden beobachtet.

»Oh, Coral, es hört doch niemand zu. Du bist so paranoid«, entgegnete Lila.

Coral strich sich mit einer Hand über ihr perfekt frisiertes blondes Haar. »Ich bin nicht paranoid. Ich bin vorsichtig. Das solltest du auch mal versuchen. Es würde uns wahrscheinlich aus dieser Art von Schwierigkeiten heraushalten!«, zischte sie durch das gezwungene Lächeln, das auf ihrem Gesicht klebte.

»Schön. Omas Haus. Gehen wir«, sprang ich auf und schob den Stuhl so schnell zurück, dass er gegen die Lehne des Stuhls dahinter stieß.

»Was für eine großartige Idee«, sagte Coral. »Ich hole uns ein paar Kaffee und bin gleich da«, sagte sie und klackerte in ihren Stöckelschuhen über den Boden.

Zum Glück waren es nur fünf Minuten Fahrt zum Haus, sodass ich nicht allzu lange warten musste, um herauszufinden, was los war. Ich wartete auf der Veranda auf Lila und Coral, die sich anscheinend Zeit ließen. Es überraschte mich nicht, dass sie zusammen waren. Meine Mutter und ihre Freundinnen waren immer zusammen. Die Einzige, die fehlte, war Magnolia, und ich rechnete fast damit, dass sie im Haus auf mich warten würde.

Als die Frauen endlich vor dem Haus vorfuhren, war ich ein wenig nervös. Meine Mutter und ich standen uns nicht gerade nahe, aber ich liebte sie trotzdem und machte mir Sorgen um sie.

Coral stieg vorsichtig in ihren Stöckelschuhen die Treppe zur Veranda hinauf. Die Farbe schien perfekt zu ihrem lila Hosen-anzug zu passen. Die Frau war immer tadellos gekleidet und eine echte Südstaatenschönheit. Ich wusste, dass dies ein sorgfältig gepflegtes Image war, und hatte nie infrage gestellt, warum sie darauf bestand, sich der Welt so zu präsentieren.

»Bitte sagt mir, was los ist«, sagte ich und ließ ihnen keine Zeit, über irgendetwas zu streiten. Ich war mein ganzes Leben lang mit diesen Frauen zusammen gewesen, und sie waren mehr wie Tanten als wie Freundinnen. Sie waren auch mehr wie Schwestern als Freundinnen zueinander und zankten sich daher ständig.

Lila setzte sich und tätschelte mein Knie. »Harold hat sich in den Kopf gesetzt, dass deine Mutter etwas über den Mann weiß, der in der Fabrik gestorben ist.«

»Warum sollte meine Mutter etwas wissen?«

Coral und Lila wechselten einen Blick. Ich wartete ungeduldig auf die Geschichte.

Coral strich sich noch einmal die Haare glatt und räusperte sich schließlich. »Deine Mutter hat Zugang zur Fabrik.«

Ich nickte. »Und?«

»Harold ist überzeugt, dass sie mehr weiß, als sie zugibt. Er hat mit ihr gesprochen, bevor du aufgetaucht bist, und wir dachten, es wäre vorbei, aber er hat sie heute Morgen wieder vorgeladen.«

»Warum?«

»Nun, deine Mutter hat ihre Verärgerung über die Tatsache, dass diese Männer um Lemon Bliss herumschnüffelten, nicht gerade verborgen«, sagte Lila.

»Die übernatürlichen Jäger oder Ermittler oder was auch immer?«, fragte ich und bemühte mich, dem Gespräch zu folgen. Die Frauen konnten wirklich eine Lektion darin gebrauchen, wie man ein Gespräch klar und deutlich führt.

Coral und Lila nickten. »Ja«, sagten sie unisono.

Ich starrte sie an und wartete darauf, dass sie es erklärten. Herrgott, es war, als würde man ihnen die Würmer aus der Nase ziehen, um echte Informationen zu bekommen. Lila zog den ganzen Tag über alles und jeden her, aber jetzt, wo ich wirklich wissen wollte, was sie wusste, machte sie bei mir dicht.

»Okay, lasst mich das zusammenfassen und dann kann hoffentlich eine von euch die Lücken für mich füllen, denn im Moment bin ich sehr verwirrt. Also, irgendwelche übernatürlichen Ermittler waren in der Stadt, um zu ermitteln«, ich hielt inne. »Was haben sie untersucht? Ich glaube, Harold hat mir von einem Zirkel erzählt. Stimmt das?«

Die Frauen wechselten einen Blick, bevor Coral mit dem Kopf nickte. »Ja.«

»Okay, also, sie waren hier, um wegen eines Hexenzirkels zu ermitteln, und meiner Mutter hat das nicht gefallen. Irgendwie sind sie dann in der Fabrik gelandet, zu der meine Mutter

Zugang hat. Einer von ihnen stirbt und Harold glaubt, meine Mutter war's. Ist das die ganze Geschichte?«, fragte ich und war vor Frust ziemlich mürrisch.

»Ja!«, riefen beide aufgeregt.

»Warum glaubt Harold, meine Mutter würde tatsächlich jemanden verletzen, nur weil er wegen eines Hexenzirkels ermittelt, den es nicht einmal gibt?« Ich weigerte mich zu glauben, was Lila am Tag zuvor erwähnt hatte. Ich wusste, dass es Unsinn war.

Beide zuckten mit den Schultern. Schließlich war es Coral, die antwortete. »Das können wir nicht wirklich sagen, deshalb machen wir uns ja Sorgen. Hat er dir gegenüber irgendwas von Beweisen erwähnt?«

»Nein. Überhaupt nichts, aber wir hatten auch keine Gelegenheit, groß zu reden, bevor Lila aufgetaucht ist«, sagte ich, ohne mir auch nur die Mühe zu machen, den Ärger in meiner Stimme zu verbergen.

Coral drehte sich zu Lila um. »Du bist da hingegangen?«, zischte sie.

»Ich wollte sehen, wonach er sucht oder ob er etwas gefunden hat«, sagte sie mit gedämpfter Stimme.

»Muss ich mir Sorgen machen, dass meine Mutter in richtigen Schwierigkeiten steckt?«, fragte ich und unterband damit, was mit Sicherheit eine weitere Zankerei zwischen den beiden geworden wäre.

Keine von beiden antwortete mir sofort, was mir alles sagte, was ich wissen musste.

»Ich schätze, ich sollte zum Büro des Sheriffs gehen. Vielleicht sollte ich meiner Mutter einen Anwalt besorgen«, sagte ich laut, aber mehr zu mir selbst.

»Oje!«, rief Lila aus. »Ich glaube nicht, dass es so ernst ist.«

»Nicht? Seid ihr nicht deswegen hier?«, gab ich zurück.

Corals Lippen waren zu einem ernsten Strich zusammengepresst, und Lila sah schockiert und sehr besorgt aus. Ich stand auf, bereit zu gehen, gerade als der elektrische Prius meiner Mutter vorfuhr.

»Virginia!«, riefen Lila und Coral wie aus einem Munde.

Ich sah sie an und fragte mich ernsthaft, ob die beiden sich ein Gehirn teilten. Es gab eine sehr seltsame Verbindung zwischen ihnen. Es war, als könnten sie die Gedanken der anderen lesen.

Wir drei standen da und sahen zu, wie meine Mutter aus ihrem Auto stieg. Ihr langer lila Rock wehte hinter ihr her, während ihre Bettelarmbänder bei jeder Bewegung klimperten.

»Hallo, meine Damen«, begrüßte sie uns mit einem freundlichen Lächeln. »Ich habe nicht erwartet, euch alle hier anzutreffen.«

»Wir haben uns Sorgen um dich gemacht«, erklärte Coral.

»Ach, es gibt keinen Grund zur Sorge«, sagte meine Mutter und wedelte mit der Hand durch die Luft. Das Oberteil, das sie trug, erinnerte mich an etwas aus den Siebzigerjahren. Wahrscheinlich war es eines der alten Hemden meiner Großmutter, beschloss ich, als ich das lila-grüne Paisleymuster mit den silbernen Fäden betrachtete, die die Muster umrissen.

»Mir geht es gut«, sagte sie und betrat die Veranda. »Aber ich könnte etwas Wasser gebrauchen.«

Ich schloss die Haustür auf und ging hinein, um ihren Wunsch zu erfüllen. Als ich zurückkam, hockten die drei Frauen eng beieinander und unterhielten sich mit leisen Stimmen. Es war offensichtlich, dass sie über etwas verärgert waren.

»Was ist los?«, fragte ich und reichte meiner Mutter das Wasser.

»Ach nichts, meine Liebe. Ich habe den Mädchen nur von Harold und seinen albernen Fragen erzählt«, antwortete meine Mutter und fuchtelte mit einer juwelenbesetzten Hand durch die Luft.

Ich hatte meine Mutter noch nie ohne Schmuck gekannt. Für mich sah alles wie Modeschmuck aus, aber sie bestand darauf, ständig Unmengen von Ringen, Bettelarmbändern und klobigen Halsketten zu tragen, sogar wenn wir zu Hause waren.

So hatte ich sie schon immer gekannt und hinterfragte es auch jetzt nicht.

»Warum glaubt Harold – Sheriff Smith –, dass du etwas über den Tod dieses Mannes weißt?«, fragte ich, ohne Lust, um den heißen Brei herumzureden.

Sie zuckte mit einer ihrer zierlichen Schultern. »Er macht nur seinen Job.«

»Die Mädchen haben mir erzählt, dass du verärgert warst, weil der Mann einen Hexenzirkel recherchiert hat. Warum würde dich das stören?«

Sie sah ihre Freundinnen an und dann mich. »Wir brauchen keine unerwünschte Aufmerksamkeit. Lemon Bliss ist eine kleine Stadt. Wir behalten unsere Angelegenheiten gern für uns.«

»Wer genau ist *wir*?«, fragte ich.

Wieder einmal wirkten Lila und Coral unbehaglich.

»Na, wir alle, meine Liebe«, antwortete meine Mutter, als wäre es offensichtlich.

Ich setzte mich in einen der Stühle auf der Veranda, meine Mutter setzte sich in den Schaukelstuhl meiner Großmutter, während Lila und Coral nebeneinander auf der Hollywood-schaukel saßen. »Warum sollte ein Ermittler für Übernatürliches an Lemon Bliss, Louisiana, interessiert sein?«

Lila lächelte. Coral sah aus, als würde sie hoffen, die Erde würde sie verschlucken, und meine Mutter sah viel zu ernst aus.

»Gerüchte, nehme ich an. Laut Harold behauptete der über-lebende Ermittler, einigen Spuren nachzugehen, die in Wirklich-keit nichts weiter als übertriebene Geschichten sind«, erklärte meine Mutter.

»Was für Gerüchte? Offensichtlich hatten sie genug Gewicht, dass diese Männer hierhergekommen sind.«

Meine Mutter lächelte. »Das ist alles wirklich nur ein Haufen Unsinn. Wenn deine Großmutter hier wäre, könnte sie das alles viel besser erklären. Vor langer Zeit gab es Gerüchte über eine Gruppe von Hexen, die in Lemon Bliss lebten. Die Hexen wurden für einige der seltsamen Vorkommnisse in der Stadt verantwortlich gemacht. Du weißt ja, wie Gerüchte sind, manchmal halten sie sich ewig, obwohl nichts dahintersteckt.«

Mein Blick richtete sich auf Lila. Sie rutschte nervös auf der Sitzbank der Schaukel hin und her.

»Mom, warum hat Lila mir erzählt, dass sie eine Hexe ist und mich gefragt, wann ich dem Zirkel beitreten werde?«

Coral schnappte nach Luft. Der Kopf meiner Mutter schnellte fast herum, als sie Lila anstarrte, deren Mund sich wie bei einem Fisch öffnete und schloss, ohne dass ein Wort herauskam.

KAPITEL FÜNF

Ich wartete darauf, dass meine Mutter mir antwortete, während Coral Lila mit ihren Blicken erdolchte. Ich hatte es geschafft, alle Frauen sprachlos zu machen, was wohl eine Art Premiere sein musste.

»Violet, ich bin mir nicht sicher, warum Lila das gesagt hat«, sagte meine Mutter und sah ihre Freundin an, bevor sie ihren Blick wieder mir zuwandte. »Aber sie hat es nun mal gesagt, und ich denke, es ist an der Zeit, dass wir uns unterhalten. Meine Damen, würdet ihr uns bitte entschuldigen?«, sagte sie, stand auf und öffnete die Haustür.

Ich stand ebenfalls auf und folgte ihr ins Haus. Ich konnte hören, wie Coral Lila die Leviten las, bevor die Tür hinter mir ins Schloss fiel. Lila steckte in Schwierigkeiten. Es tat mir ein wenig leid, ihr diese Probleme bereitet zu haben, aber wenn sie nicht gewollt hätte, dass ich diese kleine Information wiederhole, hätte sie sie gar nicht erst erwähnen dürfen.

»Setz dich bitte«, befahl meine Mutter und nahm in einem der antiken Sessel Platz.

Ich setzte mich ihr gegenüber auf das Sofa. Draußen, durch das große Fenster, das zur Veranda ging, konnte ich Lila und Coral in einer hitzigen Diskussion sehen. Ich wandte meine

Aufmerksamkeit meiner Mutter zu und sah, dass sie mit sich rang.

»Sag es mir einfach«, ermutigte ich sie.

Sie holte tief Luft. »Deine Großmutter war eine ganz besondere Frau, genauso wie ihre Mutter und so weiter.«

Ich nickte, sagte aber nichts. Das war nichts, was ich nicht schon einmal gehört hätte.

»Sie *war* eine Hexe. Nicht so, wie es oft in Büchern und Märchen dargestellt wird. Sie war eine praktizierende Hexe mit einer Gabe für Zaubersprüche. Sie waren mächtige, *gute* Hexen«, betonte sie.

»Mom«, wollte ich sie unterbrechen.

Sie hob eine Hand. »Ich bin auch eine Hexe. Es ist eine vererbte Eigenschaft, die seit vielen, vielen Generationen an die Frauen in unserer Familie weitergegeben wird.«

»Was?«, fragte ich, blinzelte und fühlte mich etwas fassungslos.

»Deine Großmutter war die Anführerin unseres lokalen Zirkels. Na ja, sie wurde die Anführerin, als die andere Familie ihre Rechte aufgab, aber das ist eine Geschichte für ein anderes Mal«, wehrte sie mit einer Handbewegung ab. »Als ich volljährig wurde, habe ich meinen Platz als Anführerin des Zirkels eingenommen.«

»Warte, du willst mir also sagen, du bist eine Hexe und Teil eines Zirkels? Die Anführerin des Zirkels?«, wiederholte ich und hatte Schwierigkeiten, die Information zu verarbeiten.

»Ja. Du bist auch eine Hexe, Violet. Es ist dein Geburtsrecht. Wir stammen aus einer langen Linie von Hexen«, sagte sie sanft. »Ich sollte klarstellen, wir sind praktizierende Hexen. Ich weiß nicht, wie viel du über Hexerei weißt, aber ich schätze, das meiste, was du zu wissen glaubst, ist vollkommen falsch.«

Ich lehnte mich auf dem Sofa zurück und ließ ihre Worte auf mich wirken. »Ich verstehe das nicht.«

»Du bist eine Hexe, Schätzchen. Du hast Fähigkeiten, die ein normaler Mensch nicht hat«, sagte sie, als ob das etwas Gutes wäre. Ich sollte vielleicht hinzufügen, dass sie von diesem verrückten Gespräch nicht im Geringsten beunruhigt schien. Ich war eine *Hexe?*

»Also, wie kommt es, dass ich diese Fähigkeiten noch nie bemerkt habe?«, fragte ich und machte bei dem Wort Gänsefüßchen in der Luft.

»Weil dir nie beigebracht wurde, wie man sie benutzt«, sagte sie mit Verärgerung in der Stimme.

Ich grinste. »Du willst also sagen, ich kann nicht mit der Nase wackeln oder blinzeln, um etwas erscheinen zu lassen?«, neckte ich sie.

»Das ist unhöflich. Du hast offensichtlich zu viel ferngesehen. Das hier ist ernst und sehr real. Ich versuche, dir hier etwas Wichtiges zu erzählen. Kannst du bitte versuchen, aufgeschlossen zu bleiben?«

Ich verdrehte die Augen. »Ich schätze schon, aber ich sehe nicht, wie ich vierundzwanzig Jahre gelebt haben kann, ohne davon zu wissen. Ich meine, hätte ich nicht Magie sehen müssen? Oma hatte keinen großen schwarzen Kessel, und ich erinnere mich auch nicht, einen in unserer Küche gesehen zu haben«, witzelte ich.

»Oh Violet, komm schon, das ist ernst. Bitte, versuch zuzuhören, was ich dir sage.«

»Na schön. Ich werde kein Wort mehr sagen.«

Sie stieß einen langen Atemzug aus. »Vor einer ganzen Weile wurde es ein wenig gefährlich. Wir mussten verbergen, wer wir waren, um uns und unsere Familien zu schützen. Das war, bevor du geboren wurdest. Ich gebe zu, wir waren damals ein wenig leichtsinnig«, sagte sie und schüttelte den Kopf. »Wir hätten uns fast enttarnt.«

»Wer war leichtsinnig? Was ist passiert?«

Sie lächelte. »Wir lernten gerade erst unsere Magie kennen. Wir waren jung und unvorsichtig, und ich schätze, man könnte sagen, wir haben mehr experimentiert, als wir hätten tun sollen. Ein paar Zauber gingen nach hinten los, und die Leute in der

Stadt begannen zu ahnen, dass etwas nicht stimmte. Deine Großmutter befahl uns als Anführerin des Zirkels, unser Geheimnis um jeden Preis zu wahren.«

»Wer? Du sagst immer wir.«

Noch ein wehmütiges Lächeln. »Die Mädels und ich. Lila, Coral, Magnolia und ein paar andere«, zwinkerte sie.

»Warum erzählst du mir das erst jetzt?«, fragte ich. »Ich meine, das scheint eine wirklich große Sache zu sein. Wie konnte ich davon nie etwas hören?«

»Nun, du hast von den Geschichten gehört, aber als du alt genug warst, waren sie so verdreht, dass nur eine Handvoll Leute wusste, wer wir waren.« Sie grinste. »Aber es ist Zeit, dass du die Wahrheit erfährst. Du musst wissen, wer du bist. Ich habe dich dein Leben leben lassen, ohne die Last, unser Familiengeheimnis zu kennen. Jetzt ist es an der Zeit, dass du es erfährst.«

»Mom, ich weiß nicht mal, ob ich an so was glaube. Das klingt nach urbanen Legenden und dem Ergebnis einiger sehr blühender Fantasien.«

»Du musst es nicht glauben, aber es ist wahr, ganz egal, was du denkst.«

Meine Gedanken rasten, während ich an meine Kindheit und die verschiedenen Geschichten zurückdachte, die ich gehört hatte. Damals hatten einige der Kinder Dinge darüber gesagt, dass ich wie meine Mutter eine Hexe sei, aber ich hatte es ignoriert. Ich hatte es einfach als dummes Kindergerede abgetan. Ich erinnerte mich, sie gefragt zu haben, warum die Leute das sagten, aber sie hatte es immer auf albernen Klatsch geschoben.

»Der Baum«, platzte es aus mir heraus. »Die krumme Eiche, war das wirklich Oma?«, fragte ich und erinnerte mich an eine der Geschichten, die ich während meiner Kindheit gehört hatte.

Meine Mutter kicherte. »Nein, das war deine Urgroßmutter. Sie hat das gemacht, als sie noch ein Mädchen war, das gerade erst lernte, ihre Magie einzusetzen. Oh, was für ein Heidenspaß das gewesen sein muss, das zu sehen!«, sie schlug sich auf den Schenkel. »Ihren Erzählungen nach versuchte sie, einen Zauber zu wirken, um es regnen zu lassen. Die Farmer hatten mit einer der schlimmsten Dürren zu kämpfen, die die Gegend je heimgesucht hatte. Ihr Vati, der Farmer war und die Wahrheit über seine Frau und Tochter kannte, flehte sie an, etwas zu unternehmen. Deine Ururgroßmutter weigerte sich und berief sich auf die Regeln der Hexerei, aber deine Urgroßmutter Prudence war keine, die sich an Regeln hielt.«

Ich zog bei der aberwitzigen Geschichte eine Augenbraue hoch, hörte aber aufmerksam zu. »Erzähl weiter«, ermutigte ich sie.

»Oma Prudence hat mir die Geschichte ständig erzählt«, sagte sie mit einem wehmütigen Blick. »Sie versuchte, ein Gewitter heraufzubeschwören, um ihrem Vati zu helfen, und sie war erfolgreich, aber der Regen kam mit einem heftigen Unwetter. Ein Blitz schlug in diese riesige Eiche ein. Die Einheimischen haben die Geschichte also nur zur Hälfte richtig. Sie wurde vom Blitz getroffen, aber der Blitz war das Ergebnis eines schiefgegangenen Zaubers.«

Ich dachte über einige der anderen Gerüchte und das, was als lokale urbane Legenden galt, nach. »Was ist mit Coral, die dieses Mädchen verhext hat? Diejenige, die mit ihrem Freund geflirtet hat?«

Meine Mutter schüttelte den Kopf. »Ja, die Geschichte ist auch wahr. Coral ließ sich von der Eifersucht beherrschen und hätte uns beinahe alle enttarnt. Zum Glück haben meine Mutter und einige der anderen Damen im Zirkel es geschafft, in den Köpfen der Leute in der Stadt genug Zweifel zu säen, sodass es als albernes Gerücht abgetan wurde.«

»Was hat sie getan?«, fragte ich, nun neugierig geworden.

»Ich sollte es dir nicht erzählen, aber sie hat dem Mädchen den schrecklichsten Fall von Akne verpasst, den du je gesehen hast.«

Ich unterdrückte ein Kichern. »Das ist irgendwie lustig.«

»Nein, überhaupt nicht. Wir benutzen unsere Magie niemals zum persönlichen Vorteil. Coral hat eine sehr harte Lektion gelernt. Es waren dieser Zauber und ein paar andere aus vergangenen Zeiten, die den Zirkel dazu zwangen, sich zu verstecken. Wir konnten solche Risiken nicht länger eingehen. Deshalb ist Coral heute so, wie sie ist. Sie wurde damals stark beäugt und ihr Freund hat trotzdem mit ihr Schluss gemacht, weil er Angst vor ihr hatte«, erklärte sie.

»Oh«, sagte ich und verstand, warum Coral sich so viel Mühe gab, normal auszusehen und zu handeln. Meine Mutter war das Gegenteil. Sie kleidete sich entsprechend. Lila hatte ihre Haare lavendelfarben mit silbernen Strähnen gefärbt. Magnolia trug immer das, was sie ihren Talisman nannte, eine massive Silberkette, und hatte mehrere schwarze Katzen. Sie lebten einige der Hexen-Stereotypen aus, während Coral all das mied und stattdessen das Abbild der aktuellen Mode sein wollte.

»Ich hoffe, du verstehst das und wirst dein Schicksal annehmen«, sagte meine Mutter leise.

»Wovon redest du? Ich muss gar nichts annehmen. Mom, tut mir leid, aber ich glaube nicht an Hexerei und Zaubersprüche und all das Zeug.«

»Violet Broussard! Du stammst aus einer langen Reihe stolzer Hexen. Du kannst deine Herkunft nicht verleugnen!«

»Äh, doch, das kann ich. Besonders, wenn ich denke, dass es ein Haufen alberner Unsinn ist, was ich tue. Ich weiß die Geschichten zu schätzen, aber du musst zugeben, sie können alle auch anders erklärt werden. Es gibt keine sachlichen Beweise, die deine Behauptungen untermauern«, sagte ich ihr und kaufte ihr die Geschichte keine Minute lang ab.

»Sieh dich um, Violet. Sieh dir die Blumen draußen an. Das ist das Werk deiner Großmutter. Man muss nicht immer sehen, um zu glauben«, sagte sie, und ich konnte den Schmerz in ihrer Stimme hören.

»Mom, ich kann akzeptieren, dass du glaubst, eine Hexe zu sein, und wenn Lila und Coral glauben, dass sie Hexen sind, ist das auch in Ordnung. Aber ich tue es nicht«, sagte ich so sanft wie möglich.

Sie schüttelte den Kopf. »Das ist meine Schuld«, murmelte sie. »Ich hätte es dir früher sagen sollen, aber ich wusste, dass es für dich schwierig sein würde. Deine Großmutter wollte es dir erzählen, als du elf warst, aber ich habe mich geweigert.«

»Wenn du wirklich glaubst, eine Hexe zu sein, und du tatsächlich geglaubt hast, ich hätte irgendwelche magischen Fähigkeiten geerbt, warum hast du es mir nicht gesagt? Warum kommst du ausgerechnet heute mit dieser Geschichte an? An einem Tag, an dem du zum Tod eines Mannes befragt wirst? Mom, versuchst du, etwas zu vertuschen?«, fragte ich, plötzlich sehr besorgt.

»Nein! So ist es nicht. Unser Geheimnis muss um jeden Preis gehütet werden«, schoss sie zurück, stand auf und begann, im Zimmer auf und ab zu gehen.

»Um jeden Preis? Das klingt unheilvoll.«

»Oh, hör auf damit. Ich habe dir die Wahrheit gesagt. Wir müssen zusammenhalten, Violet.«

Das machte mich wütend. »Wie können wir zusammenhalten, wenn du dieses tiefe, dunkle Geheimnis vor mir verborgen hast?«, fragte ich, wobei meine Stimme lauter wurde und meine Geduld nachließ.

Das Geräusch der schließenden Tür zog unsere beider Aufmerksamkeit auf sich. Es war Lila.

»Liebes, du musst versuchen zu verstehen, warum deine Mutter getan hat, was sie getan hat«, sagte Lila sanft, während sie auf mich zukam.

»Nein, muss ich nicht. Lass dich nicht auf ihr verrücktes Geschwafel ein«, grummelte ich.

»Oh, Süße, es ist nicht verrückt. Es ist wahr. Vor langer Zeit haben wir alle beschlossen, dass es das Beste ist, unser Geheimnis für uns zu behalten, um die nächste Generation zu schützen.«

Ich schüttelte den Kopf. Ich hatte genug. Ich würde nicht hier stehen und mir anhören, wie sie versuchten, mir zu erzählen, ich sei eine Hexe, sie seien Hexen und es gäbe einen geheimen Zirkel. In diesem Moment kam mir ein Gedanke. Mir wurde schlecht, als ich dem Gedankengang folgte, bevor ich mich zu meiner Mutter umdrehte, um ihr direkt in die Augen zu sehen.

»Du sagtest, du müsstest den Zirkel um jeden Preis schützen. Der Mann, der gestorben ist, hat den Zirkel untersucht und die Gerüchte, die damit in Verbindung gebracht wurden«, sagte ich mit plötzlich heiserer Stimme.

»Ja.«

Ich spürte, wie mir das Blut aus dem Gesicht wich. »Was hast du getan?«, flüsterte ich.

Lila und meine Mutter sahen sich an. Keine von beiden sprach. Ich konnte keine weitere Minute mit ihnen im selben Raum sein. Ich musste weg. Ich brauchte Zeit, um alles zu verarbeiten.

»Ich gehe«, stürmte ich zur Tür hinaus und ließ die Fliegengittertür hinter mir ins Schloss knallen.

KAPITEL SECHS

Mir schwirrte der Kopf vor lauter Informationen. Meine Mutter war schon immer ein wenig, ähm, schrullig gewesen, aber das war mehr als nur schrullig. Ich fragte mich, ob sie vielleicht an einer Art Demenz litt. Sie war noch nicht einmal fünfzig, aber ich nahm an, man nannte es nicht ohne Grund früh einsetzende Demenz. Ich fuhr die Crooked Street entlang, ohne wirklich ein Ziel zu haben.

Ich fand mich an diesem Tag zum zweiten Mal vor dem Café wieder. Es war der einzige Ort, an den man gehen konnte. Ich ging hinein, bestellte noch einen Kaffee und ließ mich an einen der wenigen Tische fallen, in der Hoffnung, mich vor der Welt verstecken zu können, während ich versuchte, die verrückte Nachricht zu verdauen, dass ich angeblich eine Hexe war. Klar doch.

Ich holte mein Handy heraus und überprüfte meine E-Mails, alles, um mein Gehirn von dem größeren Thema abzulenken, das anscheinend versuchte, sich in meinen Gedanken breitzumachen. Ich wollte nicht über Hexen und Magie nachdenken. So was war nicht echt. Das war doch alles nur Fantasie.

»Na, hallo«, sagte eine tiefe Männerstimme und unterbrach mein Durchsehen der E-Mails.

Ich sah auf und erblickte Gabriel, der mit einer Tasse Kaffee in der Hand dastand. »Hallo«, sagte ich.

»Darf ich mich zu dir setzen?«, fragte er und deutete auf den leeren Stuhl mir gegenüber.

Ich sah mich in dem leeren Laden um und zuckte mit einer Schulter. »Klar. Ich weiß aber nicht, ob ich heute so gute Gesellschaft bin.«

»Oh oh, hat der Sheriff dir das Leben schwergemacht?«, fragte er mit einem kleinen Grinsen.

»Ich wünschte. Mit dem wäre ich leichter fertiggeworden.«

»Ah, ich kenne diesen Blick. Familie. Die schafft es immer, einem diesen Ausdruck ins Gesicht zu zaubern«, lächelte er und lehnte sich in seinem Stuhl zurück.

Ich kicherte. »Es gibt einen Grund, warum ich weggezogen bin.«

»Und ich bin extra hergezogen, um näher bei meiner zu sein.«

»Coral ist deine Tante?«, fragte ich und dachte an das zurück, was meine Mutter gesagt hatte. Wenn Coral eine Hexe war, dann bedeutete das, dass Gabriels Mutter wahrscheinlich auch eine Hexe war. Oh mein Gott! Was dachte ich da nur? Ich fiel tatsächlich auf diese lächerliche Geschichte herein.

»Ja, das ist sie. Meine Mutter ist ihre jüngere Schwester«, erklärte er.

Ich nickte. »Wohnt deine Mutter auch hier? Ich glaube nicht, dass ich mich an sie erinnere.«

Das Lächeln auf seinem Gesicht war süß, aber traurig. »Nein, sie ist vor ein paar Jahren verstorben. Wir haben in New Orleans gelebt. Ich bin hierher zurückgezogen, um dem Ganzen dort zu entfliehen und um näher bei Coral und den Wurzeln meiner Mom zu sein. Ich wollte einen Neuanfang.«

»Oh, das tut mir leid. Da jammere ich über meine Mutter, und na ja, ich schätze, du würdest dich wahrscheinlich gerne über deine beschweren«, sagte ich und fühlte mich wegen meiner vorherigen Kommentare furchtbar.

Er grinste. »Glaub mir, als Mom noch lebte, habe ich mich

auch über sie beschwert. Ich glaube, das ist es, was Mütter tun sollen. Sie machen einen verrückt. Ich kenne deine Mutter und mag sie sehr. Sie ist ein bisschen exzentrisch, aber ich liebe es, wie ruhig sie ist. Sie scheint immer so mit sich im Reinen zu sein und hat einfach diese Art, dass ich mich in ihrer Nähe wohlfühle. Sie lässt sich einfach treiben und tut, was ihr gefällt.«

Bei seiner Beschreibung von ihr musste ich kichern. »Das ist eine andere Art, sie zu beschreiben. Ich glaube, so habe ich sie noch nie gesehen, aber du hast recht, das fasst sie perfekt zusammen.«

»Sie ist eine gute Frau. Ich mag sie«, wiederholte er.

Ich nippte an meinem Kaffee und fühlte mich ein wenig schuldig, weil ich so frustriert von meiner Mutter war. Was sie glaubte, war ihre Sache.

»Warum ein Neuanfang?«, fragte ich und grübelte über das nach, was er gesagt hatte.

Der Ausdruck auf seinem Gesicht verriet mir, dass ich zu neugierig gewesen war.

»Tut mir leid. Das hätte ich nicht fragen sollen«, sagte ich und fühlte mich sofort schuldig, weil ich eine Grenze überschritten hatte.

»Nein, schon gut. Dort gab es nichts mehr für mich, außer ein paar schlechten Erinnerungen. Ursprünglich wollte ich nach Kalifornien ziehen, aber Tante Coral bestand darauf, dass ich hierherkomme und eine Weile bei ihr bleibe, um zu sehen, ob ich wieder zu mir selbst finden könnte, wie sie es nannte.«

Ich nickte, tat so, als würde ich verstehen, obwohl ich es nicht wirklich tat. »Es tut mir leid, das muss sehr schwierig für dich gewesen sein. Standest du deiner Mom nahe?«

Er grinste. »Ich weiß nicht, ob man das so sagen könnte. Wir hatten so unsere Schwierigkeiten. Es ist eine lange, unschöne Geschichte, wahrscheinlich nicht das beste Thema für ein Kaffee-Date.«

Ich kicherte. »Ist das hier ein Kaffee-Date? Ich dachte, es wäre eher ein zufälliges Treffen-Date.«

Das schien die Spannung zu lösen, die sich nach der Mutter-Bombe über uns gelegt hatte.

»Langsamer Arbeitstag?«, fragte ich und versuchte, mir etwas anderes auszudenken, worüber wir reden konnten, außer über meine Mutter oder seine.

»Mittagspause.«

Ich nickte und versuchte, mir etwas anderes zu sagen auszudenken, bekam aber keine Gelegenheit dazu. Coral rauschte in den Laden, entdeckte uns in der Ecke und steuerte auf uns zu. Ihre lila Absätze klackerten und hallten durch den Raum, als sie auf uns zuschlenderte, als wäre sie auf einem Pariser Laufsteg.

Sie schnappte sich einen Stuhl von einem leeren Tisch und zerrte ihn zu unserem, bevor sie sich darauf fallen ließ.

»Hallo, Coral, nimm doch Platz«, sagte ich trocken.

Gabriel zog eine Augenbraue hoch, bevor er sich seiner Tante zuwandte. »Was ist los, Tante Coral?«

Sie stieß einen übertriebenen Seufzer aus, bevor sie über den Tisch griff und meine freie Hand mit ihren beiden umschloss. »Oh, Süße, ich habe gehört, was passiert ist. Bist du okay?«, fragte sie mit echter Sorge.

»Was ist passiert?«, fragte Gabriel und sah mich mit der gleichen unnötigen Besorgnis an.

»Nichts ist passiert. Meine Mutter und ich hatten eine Meinungsverschiedenheit. Woher hast du das gehört? Ich dachte, du wärst gegangen?«, fragte ich. Sie war schon weg gewesen, als ich das Haus verlassen hatte.

Coral schüttelte den Kopf und machte seltsame Geräusche. »So eine schreckliche Sache. Es tut mir leid. Die Dinge scheinen einfach außer Kontrolle zu geraten. Ich wünschte, die Dinge wären anders gelaufen.«

Ich sah sie an, als wäre sie verrückt. Langsam glaubte ich wirklich, sie war es. Ich wusste nicht, wie viel Gabriel wusste, also wählte ich meine Worte mit Bedacht. »Es ist alles in Ordnung. Ich mache mir keine Sorgen deswegen.«

Sie legte den Kopf schief und musterte mich aufmerksam. »Tust du nicht?«

»Nein. Ich bin nur für heute hier. Meine Mutter kann tun, was sie will, und glauben, was auch immer sie glücklich macht.«

Coral nickte und tätschelte meine Hand. »Das stimmt. Eines Tages, hoffe ich, könnt ihr beide gemeinsam glauben. Aber jetzt müssen wir uns erst mal darum kümmern, diese andere Angelegenheit zu regeln.«

Gabriel sah uns seltsam an. »Seid ihr sicher, dass alles in Ordnung ist? Welche Angelegenheit?«

Ich ignorierte seine letzte Frage. »Ja, alles ist in Ordnung«, sagte ich bestimmt. »Meine Mutter, Coral und Lila scheinen diese seltsame Vorstellung zu haben, dass ich wieder hierherziehe. Ich schätze, sie verstehen nicht, dass ich weggezogen bin und mir ein neues Leben aufgebaut habe. Ein Leben, mit dem ich ziemlich glücklich bin«, sagte ich und sah Coral dabei gezielt an.

Sie starrte mich mehrere lange Sekunden an. Mein Magen zog sich zusammen. Ich betete, dass sie nicht das Familiengeheimnis verraten würde, oder zumindest das, was meine Mutter das Familiengeheimnis nannte. Gabriel wirkte wie ein netter Kerl und ich wollte nicht, dass er uns alle für verrückt hielt.

»Gabriel, mein Lieber, hast du heute Nachmittag etwas vor?«, sagte sie und wandte sich von mir ab.

Er schüttelte den Kopf. »Nö, ich muss nur einen Auftrag bei Mrs. Blankenship fertig machen und dann habe ich frei. Was brauchst du denn?«

Die Frau setzte ein strahlendes Lächeln auf. »Großartig! Du kannst Violet beschäftigen, während sie darauf wartet, dass Harold sich überlegt, was er mit ihr anfangen will.«

Ich hätte mich beinahe an der heißen Flüssigkeit in meinem Mund verschluckt. »Wie bitte?«, krächzte ich.

»Gabriel hat heute Nachmittag frei. Du hast frei, warum geht ihr nicht zusammen essen? Ihr könnt nach Ruby Red rüberfahren und einen ruhigen Abend allein verbringen«, erklärte sie und bezog sich auf eine benachbarte Stadt. »Auf diese Weise müsst ihr euch keine Sorgen machen, dass eine von uns neugierigen alten Damen euch stört.«

Oh, Coral war gut. Sehr geschickt. Sie hatte es geschafft, uns zu verkuppeln, direkt vor unserer Nase, ohne dass einer von uns die geringste Ahnung hatte, was sie da tat.

Ich räusperte mich. »Coral, ich bin sicher, Gabriel hat Besseres zu tun.«

»Eigentlich nicht«, sagte er mit einem verschmitzten Grinsen im Gesicht.

»Wunderbar!«, Coral klatschte in die Hände. »Du kannst Violet beschäftigen. Ich fände es schrecklich, wenn ihr Besuch zu Hause durch einen winzigen kleinen Streit mit ihrer Mutter getrübt würde. Bereite ihr eine schöne Zeit und überzeuge sie, hierzubleiben«, sagte sie und zwinkerte ihrem Neffen zu.

Ich starrte mit offenem Mund zu, wie die Frau mein Leben mit einem allzu willigen Mitverschwörer plante. »Ähm, ich bleibe nicht. Ich werde jetzt zum Büro des Sheriffs gehen und nachsehen, ob er mich wirklich braucht.«

Coral wurde sehr ernst. »Er braucht dich vielleicht nicht, aber wir schon.« Ihr Blick hielt meinen gefangen. Ich konnte nicht wegschauen.

Unwillkürlich lehnte ich mich in meinem Stuhl zurück. Ihr Tonfall und der Ausdruck auf ihrem Gesicht schüchterten mich ein. Die Frau war immer so sonnig und quirlig. Das war eine andere Seite von Coral. Eine, die ich noch nie zuvor gesehen hatte. Ich glaubte nicht, dass ich sie noch einmal sehen wollte.

»Ich werde wahrscheinlich heute hier bleiben, da es schon nach dem Mittagessen ist und ich nicht im Dunkeln nach Hause fahren will, nicht auf diesen kurvigen Straßen«, erklärte ich in der Hoffnung, sie zu besänftigen.

Als wäre sie kurz besessen gewesen, erschien ihr typisches Äußeres wieder und sie war ein einziges Lächeln. »Das ist wunderbar, meine Liebe. Habt eine schöne Zeit. Ich lasse euch jetzt allein«, sagte sie, stand auf, schob ihren Stuhl zurück und rauschte aus dem Café, als wäre sie nie da gewesen.

Da wurde mir klar, dass sie nicht einmal etwas bestellt hatte. Woher wusste sie, wo sie mich finden konnte? Ich schüttelte den Gedanken ab und nahm an, sie müsse gewusst haben, wo Gabriel war. Es war ein wenig unheimlich, das Gefühl zu haben, ständig beobachtet und überwacht zu werden.

»Das tut mir wirklich leid«, sagte Gabriel.

»Schon gut«, murmelte ich, immer noch bemüht, mich von dem Coral-Wirbelwind zu erholen.

»Sie kann ein ziemlicher Wirbelwind sein«, scherzte er.

»Ja, das kann sie allerdings. Wenn du beschäftigt bist, fühl dich bitte nicht verpflichtet«, sagte ich und hoffte insgeheim, er würde einen Rückzieher machen.

»Ich würde dich gerne ausführen, falls du immer noch möchtest.«

Ich dachte eine Sekunde darüber nach und warf alle Bedenken über Bord. »Klar, das würde mir gefallen.«

Er grinste. »Kann ich dich um sechs abholen?«

»Ja, das würde mir sehr gefallen.«

»Perfekt, dann bin ich da.«

Ich nahm einen Schluck Kaffee. »Gabriel, äh, ich habe nichts Schickes zum Anziehen mitgebracht.«

»Gut, denn auf Schickimicki stehe ich nicht. Ich bevorzuge es lässig und bequem«, antwortete er nonchalant.

Wir tranken beide noch ein paar Minuten schweigend unseren Kaffee. Corals Verhalten war mir immer noch peinlich. Ich konnte nicht fassen, dass sie mich ihrem Neffen aufgedrängt hatte. Ich musste mit meiner Mutter darüber reden, dass ihre Freundinnen versuchten, mich zu verkuppeln. Das war nicht in Ordnung.

»Ich sollte gehen. Ich muss den Sheriff ausfindig machen«, sagte ich und stand auf, um zu gehen.

»Jep, ich auch. Wir sehen uns heute Abend.«

Ich lächelte ihn an und verließ das Café. Und ich hatte mir

noch gedacht, dass mir heute früh langweilig gewesen war. Dies hatte sich schnell zu einem der seltsamsten Tage meines Lebens entwickelt, und der Tag war erst halb vorbei. Ich konnte mir nicht vorstellen, was der Abend bringen würde. Ich schüttelte das Gefühl der Vorahnung ab und machte mich auf den Weg zum Büro des Sheriffs in der Hoffnung, ihn anzutreffen. Je eher ich diese ganze Angelegenheit geklärt hatte, desto eher konnte ich nach Hause fahren und alles über Hexen und Zaubersprüche vergessen.

KAPITEL SIEBEN

Meine Hoffnung, die Situation mit dem Sheriff zu klären, wurde sofort zunichtegemacht, als ich herausfand, dass er einige Zeit in einer Nachbarstadt verbringen würde. Während ich zum Haus meiner Oma zurückfuhr, dachte ich über alles nach, was meine Mutter gesagt hatte. Es war zu verrückt, um es zu glauben. Meine praktische Seite wollte alles abtun, aber ein anderer Teil von mir akzeptierte es als die Wahrheit. Ich wusste nicht einmal, was ich *davon* halten sollte. Jedes Mal, wenn mir der Gedanke durch den Kopf ging, dass es sich wahr anfühlte, wischte ich ihn beiseite und ermahnte mich, dass das einfach nur verrückt war.

Ich war nicht darauf vorbereitet, eine weitere Nacht in der Stadt zu verbringen, und musste noch ein paar Dinge besorgen. Der kleine Supermarkt mit seinen überhöhten Preisen war meine einzige Möglichkeit. Ich fuhr auf den Parkplatz, aber bevor ich ausstieg, sah ich mich um. Lila und Coral schienen immer aus dem Nichts aufzutauchen. Ich war nicht bereit, eine von beiden zu sehen. Nicht jetzt. Nicht, wo ich immer noch versuchte, aus den Enthüllungen meiner Mutter schlau zu werden.

Ich schnappte mir einen Korb und begann, durch die Gänge

zu schlendern, auf der Suche nach dem Nötigsten, um mich einen weiteren Tag über Wasser zu halten.

»Oh, da bist du ja, Liebes!«

Ich erstarrte. Es war unheimlich, wie schnell diese Frauen mich aufspürten. Das machte sie mir alle nur noch verdächtiger.

Langsam drehte ich mich zu Lila um. »Was brauchst du?«, fragte ich und hatte beinahe Angst vor ihrer Antwort.

»Ich habe mir Sorgen um dich gemacht.«

»Warum?«

»Du bist so überstürzt gegangen. Ich wollte nur, dass du verstehst, dass deine Mutter dich nicht verletzen oder wütend machen wollte«, erklärte sie.

»Ist schon gut, Lila.«

Als ich mich wieder den unzähligen Chipstüten vor mir zuwandte, bemerkte ich, dass jemand den Gang entlangkam.

»Lila! Was führt dich denn hierher? Ich sehe dich hier sonst nie«, rief eine Frauenstimme.

Ich drehte mich um, um zu sehen, wer da sprach. Es war ein bekanntes Gesicht, aber ich konnte mich nicht an ihren Namen erinnern. Sie war ungefähr im gleichen Alter wie Lila und meine Mutter. Ich musterte sie genau und fragte mich, ob sie eine der anderen Frauen aus dem Zirkel war, von dem meine Mutter gesprochen hatte.

In der Hoffnung, mich davonschleichen zu können, ignorierte ich sie und hoffte, unbemerkt von Lila entkommen zu können. Weit kam ich nicht.

»Ich habe also gehört, dass du heute Abend ein Date mit unserem hübschen Gabriel hast?«

Ich blieb stehen, holte tief Luft und wirbelte zu ihr herum. Die andere Frau war immer noch da.

»Unserem Gabriel?«, wiederholte die Frau. »Corals Neffe?«

Lila grinste und nickte. »Ja, Coral hat die beiden heute Nachmittag verkuppelt.«

Plötzlich fragte ich mich, ob die Stadt vielleicht verwanzt

war. Die Art und Weise, wie sich Informationen in Windeseile verbreiteten, grenzte an ein Wunder.

»Die beiden passen perfekt zusammen«, verkündete die unbekannte Frau.

Ich starrte sie an und beschloss, dass sie eine von ihnen sein musste. Sie sah nicht wie eine Hexe aus, aber wusste ich wirklich, wie eine Hexe aussah?

»Ich muss los. Ich würde gerne vor meinem Date heute Abend noch duschen«, sagte ich etwas sarkastisch.

Lila grinste. »Wie aufregend! Ich hoffe, ihr beide habt eine tolle Zeit, und ich kann es kaum erwarten, alles darüber zu hören.«

Ich hoffte inständig, dass sie nichts davon hören würde. Sie musste nicht jedes Detail meines Lebens kennen.

Mir kam ein Gedanke. »Lila, kann ich dich kurz sprechen?«, fragte ich.

Sie drehte sich zu der anderen Frau, verabschiedete sich und trat dann näher an mich heran. »Was ist los, meine Liebe?«

»Ist sie eine?«

»Eine?«, fragte sie mit einem verwirrten Gesichtsausdruck.

Ich senkte meine Stimme zu einem Flüstern. »Eine vom Zirkel.«

»Nein, nein. Nur ich, Coral, Magnolia und deine Mutter. Unsere Zahl ist geschrumpft. Als die Dinge ein wenig, äh, brenzlig wurden, waren wir gezwungen, in den Untergrund zu gehen. Jetzt sind es nur noch unsere vier Familien«, sagte sie in einem entschieden wehmütigen Ton.

Ich nickte. Ich war mir nicht sicher, ob ich ihr glaubte, aber es ergab Sinn. Na ja, so viel Sinn, wie diese ganze Hexensache eben ergab.

»Okay. Na ja, ich sollte dann mal los«, sagte ich und eilte den Gang hinunter.

Ich warf noch ein paar Dinge in den Korb, bezahlte schnell und schaffte es zu entkommen, bevor Lila mich wieder in die Enge treiben konnte.

Ich fuhr direkt zum Haus, schloss die Haustür ab und ging duschen. Ich bedauerte es, keine andere Kleidung dabeizuhaben. Obwohl Coral mich mehr oder weniger zu diesem Abendessen gedrängt hatte, wollte ich gut aussehen. Gabriel war gutaussehend und charmant, sogar verführerisch, wenn ich es mir eingestehen wollte. Ich zog die wenigen Sachen, die ich mitgebracht hatte, aus meiner kleinen Reisetasche. Eine dürftige Auswahl.

Die Türklingel schrillte und jagte mir einen halben Herzinfarkt ein. Das konnte nicht Gabriel sein. Ich hatte noch ein paar Stunden bis zu meinem Date. Ich zog die Shorts an, die ich zum Schlafen mitgebracht hatte, und warf mein T-Shirt über.

Die Türklingel schrillte erneut. »Moment mal!«, rief ich.

Ich riss die Tür auf und fand meine Mutter mit zwei weiteren Taschen davorstehend vor.

»Was ist das?«, fragte ich und zeigte auf die Taschen.

Sie lächelte und rauschte an mir vorbei. »Ich habe dir Kleidung für dein Date heute Abend mitgebracht.«

»Was?«, sagte ich und schloss die Tür.

»Du kannst nicht in Jeans und T-Shirt mit einem jungen Mann ausgehen. Ich weiß, dass ich dir etwas Besseres beigebracht habe«, dozierte sie.

Ich zog die Augenbrauen hoch. »Mom, ich glaube nicht, dass wir wirklich den gleichen Stil haben«, sagte ich, entsetzt bei dem Gedanken, einige ihrer extravaganten Kleidungsstücke tragen zu müssen.

Sie wischte meinen Protest beiseite. »Ich habe dezentere Sachen mitgebracht. Du könntest etwas mehr Pep vertragen.«

Ich verdrehte frustriert die Augen. »Ich brauche keinen Pep. Mir gefällt nun mal, wie ich mich kleide. Außerdem muss ich niemanden beeindrucken. Ich gehe zur Arbeit und nach Hause«, sagte ich gereizt, weil ich meine Garderobe verteidigen musste.

Sie zuckte mit den Schultern. »Und jetzt ist es an der Zeit, die Dinge etwas aufzupeppen. Mach dich schick. Betone deine umwerfende Figur. Gabriel ist ein sehr gut aussehender Mann. Willst du für ihn nicht gut aussehen?«

»Wir sind nicht mehr im zwanzigsten Jahrhundert, Mom.«

Auch wenn ich gerade noch gedacht hatte, dass ich nicht schlampig aussehen wollte, würde ich das vor ihr niemals zugeben.

»Es schadet nicht, sich ein bisschen Mühe zu geben, Liebes. Hier, was hältst du davon?«, sie hielt einen schwarzen Rock hoch, der von hübschen Silberfäden durchzogen war.

Tatsächlich gefiel er mir. Er war nicht zu exzentrisch und etwas, womit ich arbeiten konnte. »In Ordnung.«

»So, und für das Oberteil habe ich ein paar verschiedene Optionen mitgebracht. Das Wetter ist warm, also dachte ich, dieses glitzernde Trägertop würde das Schimmern im Rock hervorheben«, sagte sie und hielt das besagte Shirt hoch.

Ich schüttelte den Kopf. »Nein, ich trage nichts Glitzerndes.«

Sie stöhnte und zog ein schlichtes schwarzes Oberteil mit durchsichtigen, fließenden Ärmeln hervor. »Das hier?«

Ich rümpfte die Nase. »Damit sehe ich aus, als wäre ich für eine Beerdigung gekleidet. Oder wie eine Hexe«, fügte ich hinzu, nur um sie zu reizen.

»Hör auf damit. Hexen tragen nicht nur Schwarz. Das ist ein altes Ammenmärchen.« Sie griff in ihre Tasche und zog ein lavendelfarbenes Top mit fließender Taille hervor.

»Das gefällt mir«, sagte ich und betrachtete die dezente Farbe.

»So schlicht«, kommentierte sie. »Ich habe hier ein paar schwarze Sandalen, von denen ich weiß, dass sie perfekt passen werden«, sie hielt die Schuhe hoch.

»Danke, Mom.«

»Gern geschehen. Und jetzt geh dich anziehen.«

Ich schnappte mir die Sachen und rannte nach oben, um mich umzuziehen. Ich drehte mich im Kreis und betrachtete mein Spiegelbild im Ganzkörperspiegel. Es war gar nicht so übel.

»Was meinst du?«, fragte ich, als ich die Treppe herunterkam.

»Du siehst wunderschön aus. So, und ich mache mich jetzt

aus dem Staub. Ich will nicht, dass ihr euch unwohl fühlt. Ich bin sicher, Coral hat das schon bestens erledigt.«

»Ja, hat sie. Nochmals danke für die Kleidung. Ich rufe dich morgen an, bevor ich fahre.«

»Fährst?«

»Mom, ich muss zurück zur Arbeit. Ich hatte nur vor, einen Tag hier zu bleiben.«

»Wir werden sehen. Wir brauchen dich, Violet, aber darum kümmern wir uns später. Viel Spaß«, sagte sie und ging zur Tür hinaus.

Ihre Worte waren ein wenig seltsam. Was werden wir sehen?, fragte ich mich, aber ich hatte nicht lange Zeit, darüber nachzudenken, was sie meinte. Gabriel tauchte eine Viertelstunde zu früh auf.

»Hallo«, begrüßte ich ihn.

Er trug Jeans, ein Sakko und eine Krawatte. Ich war so froh, dass meine Mom mit den Klamotten aufgetaucht war. Ich wäre furchtbar unpassend gekleidet gewesen.

»Du bist früh dran«, bemerkte ich.

Er zuckte mit einer Schulter und warf mir einen verlegenen Blick zu. »Ich komme nicht gern zu spät.«

»Also, ich habe Hunger, von daher passt es mir gut.«

Wir fuhren die zwanzig Minuten bis zur nächsten Stadt und setzten uns in ein italienisches Restaurant.

»Ich glaube, ich muss ganz ehrlich zu dir sein«, fing er an, was mich sofort stutzig machte.

»Worüber?«

»Über meine Tante.«

Ich tat ahnungslos. Er könnte sich für die Verkupplungsaktion oder für eine ganze Reihe anderer Dinge entschuldigen. Ich wollte mir nicht in die Karten schauen lassen und zu viel verraten.

»Was ist mit deiner Tante?«

Er räusperte sich. »Ich nehme an, du weißt, dass sie eine ...«, er hielt inne und blickte sich im Restaurant um, »... eine Hexe ist«, flüsterte er.

»Diese Information habe ich kürzlich erhalten«, bestätigte ich.

»Sie und meine Mom hielten sich beide für Hexen«, erklärte er. »Ich spiele da mit. Ich bin kein Hexer oder Hexenmeister oder wie auch immer der richtige Begriff ist. Das ist so ein Familiending, meine Oma behauptete auch, eine zu sein, und so weiter. Sie haben nicht viel darüber gesprochen. Ich schätze, da ich ein Kerl bin, wurde ich nicht in ihre Geheimnisse eingeweiht. In unserer Familie waren sie offen damit, wer sie waren, aber es durfte nie in gemischter Gesellschaft darüber gesprochen werden, wie meine Mom zu sagen pflegte.«

»Danke, dass du mir das sagst. Gibt es hier in der Gegend noch viele andere Hexen?«, fragte ich, als ob ich scherzen würde, aber ich meinte es todernst.

Er grinste. »Ich weiß es nicht. Ich dachte mir, wir sollten das einfach offen ansprechen. Tante Coral ist normalerweise sehr vorsichtig, aber falls es Gerüchte oder so etwas gibt, wollte ich, dass du es aus erster Hand erfährst«, sagte er mit einem entwaffnenden Lächeln.

»Gibt es viele Gerüchte?«, fragte ich, aufgeregt, eine weitere Informationsquelle gefunden zu haben.

»Ich weiß nicht, ob man sagen würde, viele. Ich habe ein bisschen was gehört, seit ich hier bin, aber nichts Schlimmes. Bis zu dem Todesfall in der Fabrik jedenfalls. Das hat die Gerüchteküche ordentlich zum Brodeln gebracht.«

»Warum?«

Er musterte mich genau, bevor er tief Luft holte. »Deine Mom steht im Zentrum der Gerüchte. Einige Leute vermuten, dass sie mehr wissen könnte, als sie sagt.«

»Was! Warum sollten sie das denken?«

»Vielleicht, weil der Sheriff sie ständig befragt?«, fragte er und schien genauso ratlos zu sein.

»Meine Mom ist vieles, aber sie ist definitiv keine Mörderin«, sagte ich bestimmt.

Er hob die Hände. »Warte, ich sage nicht, dass ich die Gerüchte glaube. Ganz und gar nicht. Ich mag deine Mom.«

Ich atmete erleichtert auf, gerade als der Kellner an den Tisch kam. Wir bestellten und saßen dann mehrere lange Minuten schweigend da.

»Gabriel, was machst du morgen?«

Er zuckte mit den Schultern und schien seinen Terminkalender durchzugehen. »Nichts, soweit ich weiß. Warum?«

Ich beugte mich vor, um nicht belauscht zu werden. »Ich möchte zur Fabrik fahren und mich umsehen. Ich habe das Gefühl, der Sheriff wollte mich dazu bringen, etwas zu sagen oder ihm etwas zu zeigen, aber ich wusste nicht, was. Ich hatte keine Gelegenheit zu fragen, weil Lila aufgetaucht ist.«

Er nickte. »Du willst deine eigenen Ermittlungen anstellen?«

»Ja. Ich habe die Schlüssel, also können wir durch eine andere Tür hineingehen und das Absperrband des Tatorts gar nicht erst berühren, also glaube ich nicht, dass das unbedingt illegal wäre. Außerdem gehört mir der Laden und ich war noch nie richtig drinnen. Ich will sehen, ob ich herausfinden kann, wonach diese übernatürlichen Ermittler gesucht haben.«

Er kniff die Augen zusammen. »Ist das nicht gefährlich? Ich meine, der letzte Kerl, der da herumgeschnüffelt hat, ist tot.«

»Deshalb will ich dich ja dabei haben!«

»Willst du, dass ich dich beschütze, oder willst du nur deine eigenen Chancen auf eine Flucht erhöhen?«

Wir mussten beide lachen. »Ich war mit dem Sheriff dort. Das einzig Gefährliche, was ich gesehen habe, war die Menge an Staub in dem Laden.«

»Okay. Ich habe Lust auf eine kleine Schnüffelaktion.«

»Super.«

Wenig später kam unser Essen. Wir langten ordentlich zu und unser Gespräch wechselte zu den üblicheren Themen für ein erstes Date, wie unsere Arbeit und welche Musik wir mochten.

Als er vor meinem Haus anhielt, zögerte ich, bevor ich aus seinem Truck ausstieg.

»Gabriel?«

»Ja?«

»Bitte erzähl deiner Tante nichts von unseren Plänen für morgen. Ich will nicht, dass es jemand anderes erfährt, besonders nicht meine Mom oder Lila.«

»Verstanden. Meine Lippen sind versiegelt. Gute Nacht.«

KAPITEL ACHT

Auf gar keinen Fall würde ich heute nach Hause fahren. Irgendwie wusste ich das so sicher, wie ich wusste, dass ich Kaffee wollte. In dem Moment, als ich die Augen öffnete, hatte ich ein komisches Gefühl, was diesen Tag anging. Es war seltsam. Ich schob es auf das ganze Gerede über Hexen und das Übernatürliche und auf die Tatsache, dass ich im Begriff war, mich in die Fabrik zu schleichen, den Schauplatz eines Verbrechens.

»Hallo«, sagte ich, als Tara ans Telefon ging.

»Hey. Was ist los?«, fragte sie.

Ich seufzte. »Nichts. Ich kann heute nicht nach Hause kommen. Diese ganze Sache dauert viel länger, als ich dachte. Bist du sicher, dass dort alles in Ordnung ist?«

»Alles bestens. Der Laden steht noch, die Verkäufe laufen gut. Ich hab das im Griff, Violet«, versicherte sie mir.

»Danke, Tara. Ich schulde dir einen riesigen Bonus dafür, dass du all die zusätzliche Verantwortung übernimmst.«

»Ich bin deine stellvertretende Geschäftsführerin. Das ist meine Aufgabe, du lässt mich nur nie ran. Es macht irgendwie Spaß, die Chefin zu sein«, neckte sie mich.

»Mach es dir in meinem Stuhl nicht zu bequem.«

»Was hast du denn die ganze Zeit dort unten gemacht?«

Ich zögerte und überlegte, wie viel ich ihr erzählen wollte, aber ich wusste, dass sie mir die »Nichts«-Nummer nicht abkaufen würde. »Ich hatte gestern Abend ein Date«, platzte ich heraus.

»Wie bitte? Du hattest was?«, quietschte sie.

Ich kicherte und spürte, wie meine Wangen heiß wurden, obwohl ich allein war. »Ich war mit einem sehr attraktiven, ledigen Mann auf einem Date.«

»Und wie war's?«

»Schön. Man kann sich gut mit ihm unterhalten und er lässt sich von meiner exzentrischen Mutter nicht abschrecken. Er mag sie. Er ist wirklich total entspannt. Oh, und habe ich erwähnt, dass er sehr gut aussieht?«

»Jetzt verstehe ich, warum du nicht zurückkommen willst. Erzähl mir alles!«

Wir redeten eine Weile, bevor sie losmusste. Ich vermisste sie, aber hier im Haus meiner Oma zu sein fühlte sich irgendwie richtig an. Ich spürte den Drang, meine Mutter zu beschützen. Es war schwer zu erklären, aber ich nahm an, dass es das Mutter-Tochter-Band war.

Ich duschte schnell und zog eines der beiden Outfits an, die ich mitgebracht hatte. Ich würde einkaufen gehen müssen. Vielleicht wollte Gabriel den Tag mit mir verbringen und wir könnten zusammen nach Ruby Red fahren.

Was dachte ich mir nur? Ich plante, den Tag mit dem Mann zu verbringen und Dinge zu tun, die normalerweise richtigen Paaren vorbehalten waren. Ich war dabei, mich kopfüber hineinzustürzen und musste einen Gang runterschalten. Ich war nur vorübergehend hier, ermahnte ich mich. Das Letzte, was ich gebrauchen konnte, war, mich in die Vorstellung von Romantik zu verstricken.

Ich hörte die Türklingel und rannte die Treppe hinunter.

»Hi!«, begrüßte ich Gabriel, der einen beklommenen Gesichtsausdruck hatte. »Was ist los?«, fragte ich und hoffte, dass nicht wirklich etwas passiert war.

»Nichts. Ich fühle mich schuldig. Warum fühle ich mich schuldig? Wir haben doch noch gar nichts getan.«

Ich lachte. »Die Fabrik gehört tatsächlich mir. Ich kann dir die Besitzurkunde zeigen, wenn dich das beruhigt.«

Er schüttelte den Kopf. »Nein, das ist schon gut. Ich musste Coral heute Morgen anlügen. Sie hat mich gefragt, was ich vorhabe. Ich habe ihr gesagt, dass ich in Ruby Red einkaufen gehe.«

»Tatsächlich war das vielleicht gar keine Lüge.«

»Wie meinst du das?«

»Ich wollte dich fragen, ob du den Tag frei hast und ob du mit mir dorthin fahren möchtest. Ich muss ein paar Sachen einkaufen. Ich habe nur Kleidung für eine Übernachtung mitgebracht und muss mir wirklich ein paar Dinge besorgen«, erklärte ich.

Ich musste einen Schritt zurücktreten, als er wieder dieses charmante Lächeln aufsetzte. Der Mann war gefährlich. »Das würde ich sehr gern. Vielleicht kannst du mir ja ein Mittagessen spendieren, da ich für dich schließlich das Gesetz breche und so.«

Ich lachte und schnappte mir meine Handtasche. »Das ist kein Gesetzesbruch. Nicht wirklich, glaube ich. So, und jetzt lass uns los, bevor du noch einen Rückzieher machst.«

Er warf mir einen spielerisch finsteren Blick zu, bevor er sich umdrehte und zur Tür hinausging. Ich wollte nicht zugeben, dass ich selbst kurz davor war, einen Rückzieher zu machen. Mein Magen war ein einziges Nervenknäuel, aber ich musste das durchziehen. Irgendetwas fühlte sich nicht richtig an und ich musste herausfinden, was es war. Mein Bauchgefühl sagte mir, dass meine Mutter und ihre Freundinnen darin verwickelt waren. Ich wusste nicht, in welchem Ausmaß, aber sie wussten definitiv mehr, als sie zugaben.

»Fahr hintenrum, damit niemand deinen Truck sieht«, wies ich ihn an, als er die alte Fabrik erreichte.

Er parkte hinten dicht am Gebäude. Die Fabrik selbst

verdeckte seinen Truck vor jedem, der vorbeifuhr. Niemand würde ihn sehen können, es sei denn, man fuhr auf den alten Feldwegen, die zu einem kleinen See führten, hinten herum. Da fuhr nie jemand hin. Wir stiegen aus dem Truck und ich sah sofort eine Ansammlung von Fußabdrücken im Schmutz.

»Wow! Sieh dir das an«, sagte ich und zeigte auf die Spuren, die den Boden bedeckten.

Gabriel blickte nach unten. »Ich dachte, du hättest gesagt, dieser Ort sei verlassen. Für mich sieht es so aus, als ob hier eine Menge los war.«

»Vielleicht waren es die Ermittler?«, schlug ich vor.

Er zuckte mit einer Schulter. »Vielleicht. Ich habe nicht gehört, dass die einheimischen Jugendlichen hier Partys feiern, aber das ist auch eine Möglichkeit. Sieh dir die Fußabdrücke da drüben an. Sie sehen ziemlich klein aus, um von einem Mann zu stammen«, bemerkte er.

»Ja, das tun sie«, murmelte ich. »Komm, bringen wir es hinter uns.«

Ich fummelte am Schlüsselbund herum und versuchte, den richtigen Schlüssel für die schmale Hintertür zu finden. Endlich fand ich ihn und stieß die Tür auf. Wir beide fingen an zu husten, als der Staub vor uns aufwirbelte.

»Gehen wir hoch in den zweiten Stock«, flüsterte ich.

»Warum flüsterst du?«, fragte er im Flüsterton.

Ich hielt inne. »Ich weiß es nicht«, lachte ich.

Er folgte mir, als ich das Erdgeschoss durchquerte und mich an den verschiedenen großen Maschinen auf dem Boden vorbeischlängelte. Ich ging die Treppe hinauf.

»Weiter als bis hierher bin ich das letzte Mal nicht gekommen. Lila kam rein und hat die Führung unterbrochen.«

»Was ist auf dieser Etage?«, fragte er und sah sich um.

»Soweit ich weiß, noch mehr Maschinen. Im dritten Stock ist die Verpackung, wenn ich mich recht erinnere, und im vierten Stock sind Büros.«

Er sah sich in dem Bereich um. »Warum fangen wir nicht im

vierten Stock an und arbeiten uns nach unten vor? Wonach suchen wir eigentlich genau?«

»Äh, das weiß ich eigentlich nicht. Alles, was fehl am Platz zu sein scheint.«

»Glaubst du nicht, der Sheriff hat das hier alles schon durchsucht?«

Ich zuckte mit den Schultern. »Wahrscheinlich schon, aber ich habe das Gefühl, dass hier etwas ist. Etwas, von dem niemand will, dass es gefunden wird.«

Er warf mir einen seltsamen Blick zu, stellte mein Gefühl aber nicht infrage. Wir gingen zum anderen Ende des Gebäudes und stiegen die Industrietreppe in den dritten Stock hinauf. Im Gegensatz zum zweiten Stock war diese Etage abgetrennt. Man konnte nicht auf die Fabrikhalle hinuntersehen. Verschiedene Maschinen und alte Pappkartons lagen in dem Bereich verstreut.

»Sollen wir die Kartons durchsuchen?«, fragte Gabriel und blickte auf die Stapel, die in der Gegend verstreut waren.

Ich stöhnte. »Ich weiß nicht. Lass uns zuerst den obersten Stock überprüfen und dann entscheiden wir weiter. Vielleicht finden wir da oben ja etwas Offensichtliches.«

Er sah nicht überzeugt aus. Ich war auch nicht überzeugt, aber irgendetwas zog mich nach oben. Ich wusste einfach, dass ich dort nachsehen musste. Wir stiegen die letzte Treppe hinauf, wobei wir uns beide umschauten.

»Vielleicht sollten wir uns aufteilen. Du gehst nach links und ich nach rechts«, schlug ich vor.

»Ob das eine gute Idee ist? Ich meine, hier ist vor Kurzem jemand gestorben. Der hat vielleicht dasselbe getan.«

Ich dachte eine Sekunde darüber nach und erkannte, dass er wahrscheinlich recht hatte. »Okay, fangen wir hier drin an«, sagte ich und stieß die Tür zum ersten Büro auf meiner Linken auf.

»Du überprüfst den Schreibtisch und ich das Bücherregal«, wies Gabriel mich an.

Ich begann, Schubladen aufzuziehen, nur um enttäuscht festzustellen, dass sie leer waren.

»Irgendetwas?«, fragte ich.

Er schüttelte den Kopf. »Alte Unterlagen und Rechnungen, aber nichts, was nach Geistern und Gespenstern schreit.«

Ich stieß einen langen Seufzer aus. Es fühlte sich sinnlos an. »Schauen wir uns das nächste Büro an.«

»Violet, es würde wirklich helfen, wenn ich wüsste, wonach ich suche.«

Ich zuckte mit den Schultern und schüttelte den Kopf. »Ich weiß es nicht genau. Die Jungs vom Übernatürlichen waren hier, um Gerüchten über einen Hexenzirkel nachzugehen«, sagte ich und tat so, als hätte ich noch nie von so etwas gehört. »Ich will sehen, ob an den Gerüchten etwas dran ist. Gab es irgendetwas zu finden?«

»Hinterlassen Hexen und Hexenzirkel Tagebücher?«, fragte er.

Lachend fuhr ich fort: »Ich habe keine Ahnung, aber diese Typen dachten, sie würden etwas finden.«

Ich schob das Gefühl der bösen Vorahnung beiseite, das mir wieder den Rücken hochkroch. Ich wusste, dass meine Mutter besorgt war, ebenso wie Lila. Ich musste wissen, ob sie in den Tod dieses Mannes verwickelt waren. Wenn ja, was versuchten sie zu verbergen?

»Na gut, wir suchen weiter.«

Wir wanderten von Büro zu Büro und fanden nichts, was belastend oder auch nur interessant aussah. Erst im letzten Büro fanden wir etwas.

»Was ist das für ein Zeug?«, fragte ich und blickte auf etwas, das wie moderne Elektronik aussah.

Gabriel hob eine der kleinen schwarzen Kisten hoch. »Ich weiß nicht. Vielleicht ein Lautsprecher oder ein Mikrofon?«

Ich sah es mir an und stimmte ihm zu. Wir fanden einen Laptop, aber der Akku war leer und wir konnten kein Ladegerät finden.

»Ich nehme an, das müssen die Ermittler dagelassen haben«,

sagte ich und nahm ein anderes Gerät in die Hand, das aussah wie etwas aus *Ghostbusters*.

Gabriel nickte. »Schau dir das mal an.«

Ich ging in die Ecke, wo er in einen Karton schaute. »Wow«, sagte ich und betrachtete den Inhalt. Er war voller VHS-Kassetten.

»Glaubst du, die hatten Kameras aufgestellt?«

Ich blickte sofort zur Decke hoch. »Wo?«

»Kameras könnten überall sein. Ich habe nicht nach Kameras gesucht, als wir reingekommen sind. Vielleicht sollten wir das tun?«

»Ich nehme diese mit. Ich will sehen, ob auf diesen Bändern etwas drauf ist.«

»Sind das nicht Beweismittel in einem Kriminalfall?«, fragte er mit einer hochgezogenen Augenbraue.

Ich zuckte mit einer Schulter. »Wenn der Sheriff sie hätte haben wollen, hätte er sie mitnehmen können. Entweder haben sie ihn nicht interessiert oder er hat sie nicht gefunden. Sie lagen ja offen herum.«

Gabriel sah nicht überzeugt aus, versuchte aber nicht, mich aufzuhalten. »Ich sehe nichts weiter. Diese Ausrüstung muss eine Menge Geld wert sein. Ich frage mich, ob der andere Typ zurückkommt, um sie abzuholen.«

»Der Sheriff lässt ihn vielleicht nicht rein.«

»Wir sind drin«, gab er zu bedenken.

»Aber das weiß der Sheriff ja nicht.«

»Vielleicht sollten wir von hier verschwinden. Dieser Ort ist mir unheimlich.«

Da musste ich ihm zustimmen. »Na gut, aber ich will noch einen schnellen Blick in den dritten Stock werfen.«

»Schön, aber schnell. Ich will hier raus.«

Wir gingen die Treppe wieder hinunter und überprüften schnell ein paar der Kartons im dritten Stock. Die meisten waren leer, während andere alte, leere Zitronenteebehälter enthielten.

»Das ist gut so. Wenn ich auf den Bändern etwas Interessantes finde, können wir jederzeit zurückkommen«, erklärte ich.

»Äh, oder auch nicht.«

Ich lachte. »Du kannst doch keine Angst vor Geistern haben. Deine Mutter war eine Hexe.«

»Und?«

»Und deshalb solltest du keine Angst vor Geistern haben. Vielleicht kannst du ja mit den Geistern reden«, neckte ich ihn.

»Lieber nicht. Lass uns gehen.«

Wir gingen in Richtung Hintertür. Gabriel hielt mich davon ab, einfach hinauszulaufen, da er sichergehen wollte, dass niemand auf uns wartete. Als er erklärte, dass die Luft rein sei, rannten wir beide praktisch zum Truck. Der Aufenthalt in der Fabrik hatte uns beiden ein sehr unbehagliches Gefühl bereitet.

»Ruby Red?«, fragte er.

»Klar. Ich werde die hier auf dem Rücksitz verstecken.«

»Hast du überhaupt einen Videorekorder, um die anzusehen?«

Ich lächelte. »Ich bin sicher, meine Großmutter hat einen. Sie hat nie etwas weggeworfen. Ich habe mich immer noch nicht auf den Dachboden gewagt, aber ich kann garantieren, dass alles, was sie je besessen hat, irgendwo da oben ist.«

Er lachte und fuhr auf die Straße, die uns aus der Stadt hinausführen würde. Ich schaute in den Seitenspiegel und beobachtete, wie das riesige Fabrikgebäude immer kleiner wurde. Irgendetwas war mit diesem Ort. Ich wusste nicht was, aber ich hoffte, die Antwort auf den Bändern zu finden.

KAPITEL NEUN

Unser Ausflug nach Ruby Red hatte sich als ein weiteres Abendessen entpuppt. Ich hatte es wirklich genossen. Es war ziemlich seltsam, mit einem Mann abzuhängen und shoppen zu gehen, aber wir hatten eine gute Zeit. Gabriel war witzig und schien genauso viel Spaß zu haben wie ich. Als wir wieder in der Stadt ankamen, war meine Schlafenszeit schon längst überschritten. Normalerweise stand ich um vier Uhr morgens auf, was bedeutete, dass ich für gewöhnlich um neun im Bett war. Es war zehn, als ich durch die Haustür trat.

Ich berührte meine Lippen mit dem Finger und lächelte. Gabriel war ein absoluter Gentleman gewesen und hatte mich zur Tür begleitet, bevor er mir einen süßen Gutenachtkuss gab. Ich ging mit meinen Tüten voller neuer Kleider nach oben und kroch ins Bett, erschöpft von dem anstrengenden Tag.

Ich wachte etwas später auf als sonst. In dem Moment, als ich die Augen öffnete, spürte ich, dass etwas nicht stimmte.

Die Kassetten. Ich hatte sie in Gabriels Truck gelassen.

Ich stöhnte und wälzte mich aus dem Bett, auf der Suche nach meinem Handy. Mein Blick fiel auf die Uhrzeit. Es war kurz nach fünf. Wahrscheinlich noch etwas zu früh, um ihn anzurufen. Stattdessen schickte ich ihm schnell eine Nachricht. Dann ging ich nach unten, um mir einen Kaffee zu machen.

Als ich geduscht und meine neuen Sachen angezogen hatte, brannte ich darauf, mir diese Videos anzusehen. Während ich darauf wartete, dass Gabriel zurückschrieb, kletterte ich auf den Dachboden, um zu sehen, ob ich einen Videorekorder finden konnte. Ich suchte eine Stunde lang, aber ohne Erfolg.

»Verdammt!«

Ich würde einen auftreiben müssen. Meine Mutter war gegen das Fernsehen. Das war eine Sackgasse. Es war ja nicht so, dass man in Lemon Bliss irgendwo einen kaufen konnte. Irgendjemand musste doch einen haben. Ich hörte mein Telefon klingeln und raste vom Dachboden, wobei ich mir in der Eile beinahe den Knöchel verstauchte.

»Hallo?«, meldete ich mich, da ich die Nummer nicht erkannte.

»Spreche ich mit Violet Broussard?«

»Ja. Wer ist da?«

»Mein Name ist George Cannon. Ich würde gerne mit Ihnen über die Zitronentee-Fabrik sprechen. Haben Sie Zeit für ein Treffen?«

Ich war sofort auf der Hut. »Ähm, es tut mir leid, aber wer sind Sie?«

»George Cannon«, wiederholte er.

Ich wurde langsam ungeduldig und merkte, dass es ihm genauso ging. »Es tut mir leid, mein Herr, aber Ihr Name sagt mir nichts. Woher haben Sie meine Nummer? Und wer sind Sie?«

»Ich bin ein Ermittler für übernatürliche Phänomene. Ich bin – ich war – Dale Johnsons Partner. Wir haben diese Gegend und die paranormalen Aktivitäten hier in den letzten Wochen untersucht.«

Ich antwortete nicht.

»Dale war der Mann, der tot in der Fabrik gefunden wurde, die Ihnen gehört. Eine Grundbuchsuche hat Ihren Namen ergeben und es war nicht schwer, Ihre Nummer herauszufinden. Wir müssen reden.«

»Oh«, sagte ich. »Was kann ich für Sie tun?«

»Ich würde mich gerne unterhalten. Können Sie sich mit mir treffen?«

Mein Instinkt sagte mir, ich solle vorsichtig sein. »Nein«, sagte ich bestimmt.

»Es tut mir leid, aber ich muss wirklich mit Ihnen reden. Ich weiß, wo Sie wohnen«, fügte er hinzu.

»Wie bitte? Drohen Sie mir?«

»Nein, nein, nein. Ich meinte damit nur, ich weiß, wo Sie leben. Ich kann Sie bei Ihnen zu Hause treffen. Das wäre mir sogar lieber.«

»Ich kenne Sie nicht und ich möchte nicht, dass Sie zu mir nach Hause kommen. Das ist mir nicht recht. Worüber müssen Sie denn mit mir reden?«

Er murmelte etwas Unverständliches. »Ich verstehe. Offensichtlich beschützen Sie sie«, grummelte er, die Verachtung in seiner Stimme war unüberhörbar.

»Wen beschützen? Ich beschütze niemanden. Tut mir leid, wenn Sie es seltsam finden, dass ich keine Fremden bei mir vor der Tür haben will.«

»Dale hat mir von den Frauen in dieser Stadt erzählt. Er ist in Lemon Bliss aufgewachsen und hat monatelang die Stadt und diese Fabrik erforscht. Er war dem, was vor sich ging, auf der Spur und wollte alles aufdecken«, zischte er. »Ich lasse Sie Leute damit nicht durchkommen.«

Der Mann machte mich misstrauisch. »Ich weiß nicht, wovon Sie reden, aber Sie haben offensichtlich irgendwelche Vorstellungen. Ich kann mir nicht vorstellen, warum wir uns treffen sollten, um darüber zu reden, aber die Art, wie Sie mit mir sprechen, gefällt mir nicht. Ich schlage vor, Sie tragen Ihre Beschwerden dem Sheriff vor. Er kann Ihnen helfen. Ich nicht«, sagte ich und bereitete mich darauf vor, das Gespräch zu beenden.

»Mein Partner ist gestorben!«, schrie er, bevor ich den Auflegen-Knopf drücken konnte.

»Ich verstehe das, mein Herr, und das tut mir leid für Sie, aber ich sehe nicht, wie ich helfen kann. Sie müssen mit der Polizei sprechen, nicht mit mir.«

»Sie können die Lücken füllen. Ich *weiß*, dass Sie etwas wissen. Ich will wissen, was er herausgefunden hat. Ich will wissen, warum er getötet wurde. Was hat er gefunden?«, schrie er.

Ich atmete tief durch. Offensichtlich trauerte der Mann, und das konnte ich verstehen, aber ich sah nicht, wie ein Treffen helfen würde. Ich wusste nichts. Plötzlich dachte ich an die Kassetten. Vielleicht gab es auf den Kassetten einen Hinweis.

»Mr. Cannon, es tut mir sehr leid wegen Ihres Freundes. Allerdings glaube ich nicht, dass der Sheriff es bereits als Tötungsdelikt eingestuft hat. Die Ermittlungen laufen noch«, sagte ich so sanft wie möglich. »Sie sollten wirklich mit ihm reden. Ich weiß nichts.«

»Wussten Sie, dass Ihre Mutter und eine Frau namens Lila die Fabrik ziemlich oft besucht haben? Was versuchen sie zu verbergen?«

Ich war sprachlos. Er hatte mich überrumpelt. Ich vermute, das war seine Absicht. Er wollte, dass ich etwas sage, das er verwenden konnte. Den Gefallen würde ich ihm nicht tun.

»Ich weiß nicht, wovon Sie reden, aber ich schätze, das sollten Sie ebenfalls dem Sheriff sagen, nicht mir«, schoss ich zurück. »Ich kann Ihnen nicht helfen. Bitte rufen Sie mich nicht mehr an und wagen Sie es ja nicht, vorbeizukommen. Ich werde den Sheriff rufen, wenn Sie eines von beidem tun.«

»Oh, ich habe vor, mit dem Sheriff zu reden. Mal sehen, ob er etwas unternimmt. Ihr Leute beschützt euch doch alle gegenseitig!«, spuckte er aus. »Ich brauche Ihre Kooperation nicht, um die Story zu bringen. Ich habe Dales Notizen und ich werde seine anderen Unterlagen finden. Wenn der Sheriff nichts unternimmt, gehe ich zur Staatspolizei.«

»Tun Sie, was Sie nicht lassen können«, sagte ich und legte auf.

Seine Worte hatten mich mehr erschüttert, als ich zugeben wollte. Meine Mum und Lila waren also dabei gesehen worden, wie sie zur Fabrik gingen. Warum? Warum sollten sie ein leer stehendes Gebäude besuchen? Das erklärte, warum Lila sich so seltsam benommen hatte und warum der Sheriff meine Mutter nicht nur einmal, sondern gleich zweimal befragt hatte. Meine Gedanken überschlugen sich, während ich alles, was er gesagt hatte, noch einmal durchging.

Er sagte, er würde die Story bringen. Welche Story? Wollte er meine Mutter als Hexe entlarven? Ich stöhnte. Sie würden nicht lange brauchen, um zu dem Schluss zu kommen, dass ich auch eine Hexe war. Was für ein Schlamassel.

Ich musste herausfinden, was auf diesen Kassetten war.

Es war fast acht und ich hatte immer noch keine Antwort von Gabriel. Ich bin von Natur aus keine geduldige Person. Ich lief ein paar Mal im Zimmer auf und ab, bevor ich schließlich nachgab. Ich konnte nicht länger warten. Ich rief ihn an, in der Annahme, dass er inzwischen wach sein musste. Hoffentlich.

»Hallo«, meldete er sich. »Ich bin froh, dass du anrufst.«

»Hi, tut mir leid, ich hoffe, ich habe dich nicht geweckt.«

»Nein, ich wollte gerade zur Tür raus. Was gibt's?«

»Ich hab dir eine SMS geschickt. Ich hab die Kassetten in deinem Truck vergessen. Ich wollte fragen, ob ich dich irgendwo treffen kann, um sie abzuholen?«

»Oh, verdammt, die hab ich auch total vergessen. Ich kann sie dir vorbeibringen, bevor ich zu meinem ersten Auftrag fahre. Hast du einen Videorekorder gefunden?«, fragte er.

Ich seufzte. »Noch nicht, aber ich werde einen auftreiben.«

»Ich ruf mal meine Tante an und frage, ob sie einen hat«, sagte er.

»Oh, das wäre großartig! Danke!«

Ich legte auf und rannte schnell wieder nach oben, um ein wenig Make-up aufzulegen, bevor er auftauchen würde. Ich wusste nicht, was das zwischen Gabriel und mir war, aber ich mochte ihn. Ich genoss die Zeit mit ihm und wollte ihn nicht mit meinem frisch-aus-der-Dusche-Look verschrecken. Der Mann war zu schnell. Er war da, bevor ich mich versah. Ich warf einen letzten Blick in den Spiegel und befand, dass es gut genug sein musste. Ich flog wieder die Treppe hinunter, um ihn zu begrüßen.

»Guten Morgen!«, sagte ich, riss die Tür auf und begrüßte ihn mit einem breiten Lächeln.

Sein warmes Grinsen jagte einen Schauer der Freude durch mich. Ich konnte es nicht erklären. Es war einfach ein glückliches, übersprudelndes Gefühl. Es war fremd, aber schön.

»Hier sind die Kassetten. Tut mir so leid, dass ich sie gestern Abend vergessen habe. Tante Coral hatte keinen Videorekorder, sorry.«

»Schon gut. Ich finde einen. Vielen Dank, dass du sie vorbeigebracht hast. Das weiß ich wirklich zu schätzen.«

Er sah mich an und ich hatte das Gefühl, dass er etwas sagen wollte.

»Hast du heute Abend schon was vor?«, fragte er verlegen.

Ich lächelte. »Ich glaube nicht. Hast *du* denn was vor?«

»Nö, nicht, es sei denn, du triffst dich mit mir auf ein Sandwich im Deli.«

Ich kicherte. »Dieser Ort könnte wirklich ein Diner oder etwas anderes gebrauchen als den Coffeeshop in der Post, der gleichzeitig auch das Deli ist.«

Er zuckte mit den Schultern. »Das trägt zum Charme von Lemon Bliss bei.«

»Ich nehme es an.«

»Also, Sandwiches zum Abendessen heute Abend?«

»Klingt fabelhaft.«

»Eines Tages lade ich dich zu mir nach Hause ein und koche Abendessen«, sagte er mit diesem entwaffnenden Grinsen.

»Gabriel«, setzte ich an.

Er hob die Hände. »Ich weiß, ich weiß, du bleibst nicht lange.

Verstanden, aber in der Zwischenzeit können wir etwas Spaß zusammen haben. Richtig?«

»Richtig. Tut mir leid, ich weiß, ich sage das ständig. Ich klinge wahrscheinlich wie ein Snob. Ich mag Lemon Bliss, nur habe ich mir eben ein Leben fern von hier aufgebaut«, versuchte ich zu erklären.

»Mach dir keine Sorgen. Ich verstehe das. Wirklich.«

Dieser Mann war zu gut, um wahr zu sein. »Danke.«

»Also, Abendessen?«

»Ja. Ruf mich an, wenn du mit der Arbeit fertig bist. Ich bin sicher hier und tue nichts.«

»Klingt gut. Wir sehen uns heute Abend«, sagte er, bevor er die Stufen zu seinem Truck hinunter joggte.

Ich nahm die Kiste mit den Kassetten und stellte sie auf den Couchtisch. Ich musste einen Videorekorder finden. Die Kassetten schrien mich förmlich an, sie anzusehen. Leider mussten sie vorerst warten. Wenn ich nur eine Hexe wäre. Dann könnte ich einen Videorekorder herbeizaubern, oder zumindest nahm ich an, dass Hexen so etwas taten. Mein Wissen über Hexerei beschränkte sich auf das, was ich im Fernsehen gesehen hatte, obwohl das heutzutage bedeutete, dass ich jede Menge Beispiele hatte. Wenn sie nur mehr als Fiktion wären.

Nach einem schnellen Frühstück machte ich mich auf die Mission, einen Videorekorder zu finden, da auch noch so viel Nasenrümpfen keinen hervorbrachte. Ich fragte den Typen im Deli, ob er jemanden in der Stadt kenne, der einen hätte, den ich mir ausleihen könnte. Eine Sackgasse. Also auf nach Ruby Red, um einen Videorekorder zu finden. Ich war bereit, notfalls bis nach New Orleans zu fahren.

Zum Glück musste ich das nicht, aber ich musste in drei verschiedenen Läden anhalten, nur um schließlich in einem Secondhandladen einen zu finden. Ich fuhr nach Hause, so aufgeregt, dass ich meinen Drang zu rasen bekämpfen musste. Ich brannte darauf zu sehen, was auf diesen Kassetten war. Ich hoffte, ich könnte George das Gegenteil beweisen.

Wieder zu Hause, räumte ich ein wenig auf, nur für den Fall, dass Gabriel später mit zu mir kommen würde. Gleichzeitig war ich ein wenig nervös und aufgeregt. Gabriel würde im Haus meiner Oma sein. Na ja, in meinem Haus, aber wenn meine Mum recht hatte und ihr Geist hier herumspukte, brauchte ich keinen Zeugen.

Ich staubte den kleinen Couchtisch ab und hielt inne, um auf die Kassetten hinabzustarren. Würden sie meinen Verdacht bestätigen oder meine Mutter und Lila entlasten?

KAPITEL ZEHN

Mitten in meiner Putzwut klingelte es an der Tür. Ich wusste, dass ich putzte, weil ich gestresst war. Es half mir beim Nachdenken. Ich musste darüber nachdenken, was zu tun war. Was würde ich tun, wenn ich auf diesen Bändern etwas Belastendes entdecken würde?

Ich verdrängte den Gedanken und ging zur Tür in der Hoffnung, dass es nicht dieser furchtbare Kerl George war.

»Mom«, sagte ich und öffnete die Tür. »Was führt dich hierher?«

»Wir müssen reden. Wir sind gestern nicht gerade im Guten auseinandergegangen.«

»Da hast du recht. Du hast mich überrascht.«

Sie ging ins Wohnzimmer, ihr Blick streifte die Kiste mit den Videokassetten, aber sie fragte nicht danach. Ich hätte nicht gewusst, was ich gesagt hätte, wenn sie es getan hätte.

»Ich weiß, dass du heute Abend eine Verabredung hast, also will ich dich nicht aufhalten«, fing sie an.

»Woher weißt du das? Wie kann es sein, dass jeder immer weiß, wo ich bin oder was ich vorhabe? Das ist geradezu unheimlich«, murmelte ich.

Sie antwortete nicht. Sie lächelte nur. Sie setzte sich auf die Couch und klopfte auf den Platz neben sich. »Setz dich.«

Ich ließ mich auf die Couch plumpsen und wartete.

»Hattest du Zeit, über das nachzudenken, was ich dir erzählt habe?«, fragte sie.

Ich blickte auf den Teppich unter dem Tisch. »Ich habe darüber nachgedacht, aber ich weiß nicht, was ich glauben soll.«

»Ich bin froh, dass du dir zumindest Gedanken darüber machst. Ich bin sicher, du hast ein paar Fragen. Ich möchte, dass du weißt, dass du mit mir reden kannst. Ich bin da. Frag mich alles.«

Ich schnaubte verächtlich. »Ich wüsste nicht einmal, welche Fragen ich stellen sollte. Ich weiß nicht, ob ich mich mit dieser ganzen Hexerei-Sache anfreunden kann.«

»So ist das nicht.«

»Wie ist es denn?«

»Nun, zunächst einmal sind wir ganz normale Menschen. Jede von uns hat Gaben, manche sind gleich, andere einzigartig. Einige von uns können Zaubersprüche verfassen, während andere weitaus mächtiger sind. Wir meiden dunkle Magie. Die ist viel zu gefährlich. Dinge zu tun, die uns einen persönlichen Vorteil verschaffen, wie Reichtum, Liebe oder sogar Glück, ist verpönt. Solche Zauber gehen immer irgendwie nach hinten los.«

»So wie bei Coral?«

»Ja, so wie bei Coral. Wir waren gewarnt worden, aber wir waren jung und unreif.«

»Warum hast du mir das alles nicht schon früher erzählt?«

»Ehrlich gesagt wollte ich es so oft, aber deine Großmutter hielt es für das Beste, wenn du nichts davon wüsstest. Der Zirkel war sich einig, dass wir es der nächsten Generation erst dann erzählen würden, wenn wir überzeugt wären, dass ihr damit umgehen könnt. Wir konnten keine Wiederholung von Corals Fehltritt riskieren. In dem jungen Alter gibt es einfach zu viele Versuchungen, wenn man mit dem typischen Teenager-Kram zu kämpfen hat«, erklärte sie.

Ich lehnte mich auf der Couch zurück und starrte an die Decke. »Ich glaube dir«, murmelte ich.

»Ich weiß.«

Ich kicherte. »Es gab so viele Momente, in denen ich dachte, ich sei krank oder verrückt. Ich wünschte, du hättest es mir gesagt.«

»Es tut mir leid, mein Schatz. Ich wollte es dir oft sagen und dich in die Künste einweihen, aber ich konnte nicht. Ich hatte schreckliche Angst, dass unser Geheimnis auffliegen würde. Das Risiko war zu groß.«

»Wieso war das Risiko für meine Generation zu groß und für deine nicht?«, fragte ich.

Sie schüttelte den Kopf. »Weil meine Generation unvorsichtig war. Wir haben alles aufs Spiel gesetzt. Wir mussten in den Untergrund gehen. Das war die einzige Möglichkeit, unsere Familien zu schützen.«

»Ich verstehe. Glaube ich. Manchmal habe ich so etwas wie … Gefühle. Als ob ich spüren könnte, wenn etwas passieren wird. Ich kann nicht genau wissen, was es ist, aber ich weiß nicht, es ist schwer zu erklären«, sagte ich und merkte, wie verrückt ich klang.

Meine Mom lächelte und nickte. »Die Gabe der Vorahnung. Ich habe dir immer gesagt, du sollst auf deinen Instinkt hören. Das *ist* dein Instinkt.«

»Und das Kribbeln in meinen Händen?«

»Das ist alles Teil deiner Gabe. Ich würde dich liebend gern mehr darüber lehren und dir helfen, diese Gaben zu nutzen. Ich weiß, ich bin etwas spät dran, aber ich möchte, dass du erkennst, dass dies eine Gabe und kein Fluch ist.«

Ich war mir nicht so sicher, ob ich bereit war, diese sogenannten Gaben zu nutzen, aber es war eine Erleichterung zu wissen, dass es eine Erklärung für die seltsamen Gefühle und Ereignisse gab, die ich gelegentlich erlebt hatte. So sehr mein praktischer Verstand mir auch sagte, dass die fantastische Geschichte meiner Mutter frei erfunden war, ich konnte es nicht glauben. Tief im Inneren wusste ich, dass sie wahr war. Ich hatte immer geahnt, dass ich anders war als andere Leute, und jetzt gab es eine Erklärung. Eine weit hergeholte zwar, aber es war etwas, woran ich mich festhalten konnte.

»Darüber muss ich nachdenken. Fürs Erste sollten wir es einfach so hinnehmen, wie es ist, und uns später darum kümmern, mich zu unterrichten. Mom, ich muss dich etwas über die Männer fragen, die in der Stadt waren. Die Ermittler für übernatürliche Phänomene.«

»Was ist mit ihnen?«

»Der Mann, der gestorben ist, kanntest du ihn?«

Ihr fehlendes sofortiges Dementi beunruhigte mich. »Ich kannte ihn nicht persönlich. Ich wusste von ihm.«

»Hast du überhaupt mit ihm gesprochen?«

»Nicht wirklich, nicht mehr als ich mit jedem anderen Besucher der Stadt reden würde«, sagte sie ausweichend auf eine Art, die mich noch nervöser machte.

»Aber du hast mit ihm und seinem Partner George Cannon gesprochen?«

Sie wollte mich nicht ansehen. Ihre Augen wanderten durch den Raum. Ich kannte sie zu gut. Sie wählte ihre Worte mit Bedacht. »Ja, ich habe mit beiden gesprochen.«

»Worüber?«

Ein zierliches Schulterzucken. »Über dies und das. Sie haben mit vielen Leuten in der Stadt gesprochen.«

»Warum, Mom? Bitte, sag mir, warum diese Männer dachten, ausgerechnet Lemon Bliss wäre einen Besuch wert. Warum haben sie Geld und Mittel für eine Untersuchung aufgewendet, wenn sie nicht dachten, es gäbe etwas zu finden?«

»Ich kann nicht für sie sprechen.«

Ich knurrte frustriert und sprang von der Couch auf. »Du weißt etwas. Du hast mich da mit hineingezogen! Ich verdiene es zu wissen, was hier vor sich geht!«

»Liebling, es wird sich um alles gekümmert. Du brauchst dir keine Sorgen zu machen.«

Ich wirbelte herum und starrte sie mit offenem Mund an. »Oh, das beruhigt mich ja ungemein. Ich werde mir keine Sorgen machen, weil du ja alles im Griff hast. Ich wurde hierher zitiert, weil der Sheriff glaubt, ich wüsste etwas über einen Mann, der in einer Fabrik gestorben ist, die auf meinen Namen im Grundbuch eingetragen ist. Mir könnten alle möglichen Anzeigen wegen Fahrlässigkeit oder, noch schlimmer, Mord drohen!«

Meine Mutter machte eine wegwerfende Handbewegung und ihre Bettelarmbänder klingelten dabei. »Du musst dir absolut keine Sorgen machen.«

Ich verdrehte die Augen. »Du weißt, dass ich mir dann nur noch mehr Sorgen mache. Ich habe vorhin einen Anruf vom Partner des Toten bekommen. Er hat mir gedroht. Er hat mir auch gesagt, dass er Beweise dafür hat, dass du und Lila ziemlich oft in der Fabrik gewesen seid. Stimmt das?«

»Welche Art von Beweisen?«

»Das war nicht die Frage, Mom!«

»Leute drohen ständig. Die Leute glauben immer, sie wüssten etwas«, antwortete sie lässig.

Nichts brachte sie jemals aus der Fassung. Sie war die Ruhe selbst.

»Warum seid ihr so fasziniert von dieser alten Fabrik?«

Ihre Antwort schockierte mich. »Dort hat sich der Zirkel früher getroffen. Jahrzehntelang war die Fabrik der Treffpunkt für unseren Zirkel. Wir haben in der Fabrik unsere Magie praktiziert, fernab der neugierigen Blicke der Öffentlichkeit. Meine Großmutter und meine Mutter haben die Fabrik zu einem sicheren Ort für Hexen erklärt, an dem sie ihre Magie anwenden konnten. Es war sozusagen unser Zufluchtsort«, sagte sie mit einem wehmütigen Seufzer.

Ich starrte sie fassungslos an. Es war wahr. Sie gab zu, in der Fabrik gewesen zu sein, aber war das erst kürzlich oder bezog sie sich auf die Vergangenheit?

Ich räusperte mich. »Mom, seid ihr dort gewesen? Du und

Lila und die anderen Damen? Ist es immer noch euer Treffpunkt?«

Sie machte eine weitere Handbewegung in der Luft, als könnte sie die Frage wegwischen. »Ich weiß nicht, wovon du sprichst. Ich habe dir gesagt, das wurde vor sehr, sehr vielen Jahren eingerichtet. Es gibt einen Grund, warum deine Großmutter diese Fabrik dort gebaut hat. Davor war das Grundstück jahrhundertelang der Treffpunkt des Zirkels. Das waren die guten, alten Zeiten. Unser Zirkel wurde gezwungen, sich zu verstecken. Wir können uns nicht mehr so öffentlich treffen.«

»Warum sollten die Ermittler für Übernatürliches daran interessiert sein, wo sich der Zirkel *früher* getroffen hat?«

»Ich nehme an, sie haben nach Beweisen für Magie gesucht. Magie hinterlässt Spuren, könnte man es wohl nennen. Eine normale Person könnte sie nicht sehen oder fühlen, aber eine Hexe, die mit ihren Kräften in Einklang ist, könnte sie spüren. Diese Ermittler glaubten, ihre Maschinen könnten die zurückgebliebenen Spuren ebenfalls aufspüren«, erklärte sie.

Ich nickte langsam und verstand allmählich, was passiert war. »Du wolltest nicht, dass sie die Fabrik und die zurückgebliebene Magie, oder wie auch immer du es nennen willst, entdecken.«

»Natürlich nicht! Das würde uns alle entlarven! Wenn sie glauben würden, dass dort etwas ist, würden noch mehr Ermittler kommen. Andere Hexen würden von der Fabrik erfahren und in unserer kleinen Stadt herumtrampeln. Diese Art von Enthüllung können wir nicht riskieren! Nicht alle Hexen praktizieren gute Magie. Es gibt viele da draußen, die sich der dunklen Magie bedienen. Das könnte für uns und die Menschen, die hier leben, sehr gefährlich werden. Siehst du das Risiko nicht?«, betonte sie.

»Ich glaube schon, aber wie ist dieser Mann gestorben?«, fragte ich freiheraus und fürchtete mich beinahe vor der Antwort.

»Das kann ich nicht sagen.«

»Du kannst es nicht sagen oder du willst es nicht sagen?«, fragte ich.

»Ich kann es nicht«, sagte sie kurz angebunden.

Das war keine wirkliche Antwort und machte mich nur noch misstrauischer. Ich konnte nicht glauben, dass meine Mutter jemals jemandem schaden würde, aber sie war sehr leidenschaftlich, wenn es darum ging, ihr Geheimnis zu schützen. Mein Magen verkrampfte sich. Wenn nicht meine Mutter, könnte dann eine der anderen Hexen es auf sich genommen haben, den Zirkel und die Geschichte von Lemon Bliss zu schützen?

Sie stand vor mir. »Violet, alles wird gut. Wir müssen zusammenhalten. Dem Ermittler wird es langweilig werden und er wird feststellen, dass es nichts zu ermitteln gibt. Er wird nach Hause fahren und wir werden in Frieden gelassen. Im Moment halten wir zusammen, beantworten die Fragen des Sheriffs und sagen nichts über Hexen und Zirkel.«

»Verlangst du von mir, dass ich lüge?«

»Hat er dich gefragt, ob du eine Hexe bist?«

»Nein.«

»Dann lügst du nicht. Es gibt Lügen und es gibt das Verschweigen der ganzen Wahrheit. Harold muss sich über die Hexen keine Sorgen machen. Wir tun nichts, was ihn angeht. Alles ist in Ordnung«, versicherte sie mir erneut.

Ich nickte, obwohl ich wusste, dass nichts in Ordnung war. Mein Handy zirpte und meldete eine Nachricht. Ich las sie schnell.

»Ich muss los, Mom. Ich treffe mich heute Abend mit Gabriel.«

Sie lächelte. »Ja, ja. Geh nur. Hab Spaß und mach dir keine Sorgen über all den anderen Kram. Das wird sich von selbst klären.«

Ich unterdrückte den Drang zu lachen. Es würde sich schon klären, aber es könnte sehr wohl damit enden, dass jemand in einer Gefängniszelle saß. Es dauerte nicht lange, bis meine Gedanken wieder zu der Tatsache zurücksprangen, dass die

Hauptverdächtigen Hexen waren. Würden sie einen Zauber anwenden, um aus dem Gefängnis zu kommen? Könnten sie sich aus einer Mordanklage herauszaubern, indem sie ihre Ankläger mit einem Fluch belegten?

Mir schwirrte der Kopf von den vielen Möglichkeiten. Ich musste wirklich meine Kenntnisse über Hexerei auffrischen und herausfinden, was echt und was erfunden war.

»Wir sprechen uns morgen. Ich will alles über dein Date hören!« Sie lächelte, als sie zur Tür ging.

Ich starrte sie mit ungläubig gerunzelter Stirn an. Wie konnte sie nur so ruhig und gelassen sein? Je mehr ich erfuhr, desto mehr glaubte ich, dass meine Mutter in den Tod verwickelt war. Das war kein gutes Gefühl. Warum funktionierte meine Gabe jetzt nicht? Wenn sie mir nur eine Vorahnung geben könnte, die mir sagte, dass alles in Ordnung sei und ich nicht von einer Stadt voller Mörder umgeben war.

Offensichtlich funktionierte sie nicht auf Abruf. Oder zumindest wusste ich nicht, wie ich sie auf Abruf benutzen konnte. Wenn das alles vorüberging und das Leben wieder normal wurde, würde ich meine Mutter fragen, ob es eine Möglichkeit gab, diese Vorahnungs-Sache zu nutzen, wenn ich sie brauchte.

Ich lachte laut in den Raum hinein. Ich hatte mich innerhalb von vierundzwanzig Stunden von einer Skeptikerin in eine praktizierende Hexe verwandelt. Lemon Bliss machte mich noch zur Verrückten. Ich hätte etwas von dem Zitronentee meiner Großmutter gebrauchen können, um meine Nerven zu beruhigen.

KAPITEL ELF

Ich ging ins Crooked Coffee und suchte nach Gabriel. Er saß an unserem Tisch. Ich hatte ihn zu unserem Tisch ernannt, da wir hier das letzte Mal zusammen Kaffee getrunken hatten. Es war mir viel lieber, einen Tisch mit ihm zu teilen, als über Hexen und Mord nachzudenken.

»Hallo«, sagte ich und ließ mich auf den Stuhl ihm gegenüber gleiten.

»Ich hatte schon befürchtet, du würdest mich versetzen.«

»Nein. Ganz sicher nicht. Meine Mutter ist vorbeigekommen.«

Er zog eine Augenbraue hoch. »Wie ist es gelaufen?«

Ich stieß einen langen Seufzer aus. »Besser als vorher, schätze ich. Die Lage ist immer noch etwas angespannt, aber das kriegen wir schon wieder hin.«

»Gut. Weißt du schon, was du möchtest?«

»Ich glaube, ich nehme eine Suppe und einen Salat. Und du?«

Er lachte. »Ich verhungere gleich. Ich werde mir eines von ihren riesigen Sandwiches holen.«

»Lass dich von mir nicht aufhalten.«

Wir standen auf und gingen zum Tresen, um unsere Bestellung aufzugeben. Die Sandwiches wurden frisch zubereitet, aber die Salate waren abgepackt und ich vermutete, dass die Suppe aus einer dieser riesigen Industriedosen kam. Das machte mir nichts aus. Als wir bestellten, merkte ich erst, wie hungrig ich wirklich war.

Wir unterhielten uns über seine Arbeit, während wir warteten, und wieder einmal war ich überrascht, wie einfach es war, mit ihm zu reden. Es war, als ob ich ihn schon seit Jahren kennen würde und nicht erst seit ein paar Tagen. Als unsere Nummer aufgerufen wurde, sprang ich auf, um unser Tablett zu holen.

»Was hatte deine Mutter denn zu sagen?«, fragte er, nachdem er etwa ein Viertel seines Sandwiches gegessen hatte.

»Nicht viel.« Ich atmete tief durch, ein wenig unsicher, ob ich ihm alles erzählen sollte, was meine Mutter gesagt hatte, aber ich dachte mir, da er von den Hexen wusste, wäre das unbedenklich. »Sie hat mir allerdings erzählt, dass die Fabrik ein alter Treffpunkt für Hexen war.«

»Wirklich? Das erklärt wohl, warum diese Typen vom paranormalen Dienst da drin waren.«

»Oh, das habe ich dir noch gar nicht erzählt, George Cannon hat mich heute angerufen.«

»Wer ist das?«

»Er ist einer von den paranormalen Ermittlern. Er hat ziemlich ernste Anschuldigungen erhoben und ich glaube, er hat versucht, mich einzuschüchtern.«

Gabriel hielt inne, das Sandwich auf halbem Weg zum Mund. »Was?«

»Nicht so, wie du denkst. Zumindest glaube ich das nicht. Er ist ziemlich aufgebracht über den Tod seines Freundes. Er ist überzeugt, dass meine Mutter irgendwie darin verwickelt ist. Ich glaube, er hat sogar angedeutet, dass sie einen Mord begangen hat«, flüsterte ich.

Er machte große Augen. »Wow.«

Ich kicherte und wischte mir den Mund ab. »Ich weiß nicht. Ich glaube, sie könnte auf irgendeine Weise involviert sein. Ich kann mir nicht vorstellen, dass sie jemanden verletzen würde, aber ich glaube, sie und ihre Freundinnen wissen mehr, als sie zugeben. Vielleicht war es ein Unfall?«

Gabriel zuckte mit den Schultern. »Keine Ahnung. Deine Mutter scheint nicht der Typ dafür zu sein.«

Ich wollte ihm nicht alles erzählen, auch nicht den Teil, dass meine Mutter und ich Hexen waren. Noch nicht. Es war schon mehr als genug für mich, mich an diese verrückte Vorstellung zu gewöhnen. Fürs Erste reichte es, dass er über seine Tante Bescheid wusste.

»Was, wenn sie etwas damit zu tun hatten?«, fragte ich mit leiser Stimme.

Gabriel bekam keine Gelegenheit zu antworten. Harold schnappte sich einen Stuhl und zog ihn an unseren kleinen Tisch. »Ich bin froh, dass ich euch treffe«, sagte er.

Ich starrte ihn ungläubig an. Hatten die Leute in dieser Stadt keine Manieren? Keine Ahnung von persönlichem Freiraum oder wann es angebracht war, sich an den Tisch einer anderen Person zu setzen?

»Was gibt's, Sheriff?«

»Nenn mich Harold. Alle nennen mich Harold. Nur Fremde nennen mich Sheriff, und da du eine Einheimische bist und hier lebst, kannst du mich auch Harold nennen.«

»Ich lebe nicht hier«, erinnerte ich ihn.

Gabriel grinste. »Sie bleibt nur ein paar Tage hier, Harold.«

Das war Sarkasmus. Offensichtlich hatten alle meine Beteuerungen satt und machten sich jetzt darüber lustig.

»Warum hast du nach mir gesucht?«, fragte ich.

Er lehnte sich in seinem Stuhl zurück. »Ich wollte dich über den Stand der Ermittlungen auf dem Laufenden halten. Ich weiß, du scharrst schon mit den Hufen, um hier wegzukommen«, zwinkerte er Gabriel zu.

Ich verdrehte die Augen. »Und?«

»Also, ich bin kurz davor, die Sache abzuschließen. Ich muss noch ein paar Leute befragen, aber ich glaube nicht, dass du länger als ein oder zwei weitere Tage hier sein musst. Ich tendiere zu Fremdverschulden, aber die Liste der Verdächtigen ist ziemlich lang. Dich habe ich ausgeschlossen, aber deine Mutter steht leider immer noch ganz oben auf der Liste.«

Ich stieß einen langen Seufzer aus und rieb mir die Stirn, wo ich spürte, wie sich Spannungskopfschmerzen anbahnten. »Aber warum? Was lässt dich glauben, dass sie eine Verdächtige ist?«

»Sie hat Zugang zum Gebäude, und ich kenne deine Mutter ziemlich gut. Ich weiß, dass sie etwas vor mir verbirgt.«

»Das macht sie nicht zur Mörderin«, wandte ich ein.

»Nein, das nicht, aber es könnte sie zu einer Komplizin machen.« Harold zuckte mit einer Schulter und starrte mich eindringlich an. »Hat sie dir irgendetwas gesagt? Erwähnt, warum sie die Fabrik besucht haben könnte?«

Ich sah zu Gabriel und fragte ihn stumm, ob ich enthüllen sollte, was ich wusste. Er schüttelte kaum merklich den Kopf.

»Nein.«

»Du klingst nicht sehr überzeugt davon.«

»Ich weiß nichts, was dir helfen könnte. Ich kenne meine Mutter und ich glaube nicht, dass sie jemals in irgendeine Art von Verbrechen verwickelt sein würde. Ich denke, das weißt du auch«, sagte ich in einem schnippischen Ton.

Das schien zu wirken. »Ich dachte, ich würde sie kennen«, murmelte er.

»Tut mir leid, Harold, ich glaube nicht, dass Violet oder ich dir heute Abend helfen können«, meldete sich Gabriel zu Wort.

Harold sah ihn an, bevor er nickte. »Schön, ich lasse euch beide euer Abendessen genießen. Violet, ich weiß, es ist eine Zumutung, aber wenn du noch ein paar Tage hierbleiben könntest, wäre das großartig. Deine Mutter braucht vielleicht deine Unterstützung«, fügte er hinzu.

»Es ist fast Wochenende, die geschäftigste Zeit der Woche in meinem Laden«, wandte ich ein.

»Tut mir leid, aber ich bin sicher, du hast jemanden, der sich für dich um die Dinge kümmert, oder?«

Die Art, wie er das sagte, machte unmissverständlich klar,

dass es ihm völlig egal war. Er wollte mich hier haben, und damit basta.

»Ja, ich nehme an. Aber wenn du mir bis Samstag nichts vorlegen kannst, Harold, fahre ich wieder ab. Und wenn du glaubst, dass meine Mutter oder ich uns für etwas verantworten müssen, dann musst du mit meinem Anwalt sprechen.«

Harold grinste. Das war nicht gerade die Reaktion, die ich mir auf meine versteckte Drohung erhofft hatte. »Süße, wenn ich für jedes Mal, dass mir jemand mit der Anwaltsnummer droht, einen Dollar bekäme, müsste ich nicht jeden Tag diese hässliche Uniform tragen. Hol dir ruhig einen Anwalt. Und sieh zu, dass deine Mom auch einen guten hat, denn wenn sich das hier als das herausstellt, was ich vermute, wird sie einen verdammt guten brauchen, um nicht im Gefängnis zu landen.«

Er drehte sich auf dem Absatz um und verließ den Deli. Ich starrte ihm nach. Ich wusste, dass die Möglichkeit bestand, dass sie für das Verbrechen belangt werden würde, aber es von ihm tatsächlich zu hören, war beunruhigend.

Ich wandte mich an Gabriel. »Glaubst du, sie wird wegen Mordes angeklagt?«

»Ich hoffe nicht. Wir müssen herausfinden, was in dieser Nacht passiert ist.«

»Die Kassetten. Ich habe die Kassetten noch. Ich hatte heute keine Zeit, sie mir anzusehen.«

»Hast du einen Videorekorder gefunden?«

Ich lachte und erzählte ihm von der Schnitzeljagd, auf die ich mich bei meiner Suche nach dem antiken Gerät begeben hatte. Wir widmeten uns wieder unserem Essen und aßen schweigend.

»Wäre es nicht besser, wenn meine Mutter einfach reinen Tisch machen würde, dass die Fabrik ein alter Hexentreffpunkt war? Wenn sie es nicht tut, sollte ich es vielleicht tun.«

Er verschluckte sich an dem Schluck Limo, den er gerade genommen hatte. »Nein. Definitiv keine gute Idee.«

»Warum nicht? Es würde erklären, warum die Ermittler an dem Ort interessiert waren«, argumentierte ich.

»Harold müsste diese Information in seinen Bericht aufnehmen. Kannst du dir vorstellen, was passieren würde, wenn das an die Öffentlichkeit käme?«

Ich verzog das Gesicht, als ein Bild von der Zukunft von Lemon Bliss in meinem Kopf aufblitzte. Mit dem neuerlichen Interesse am Übernatürlichen, einschließlich allem, was mit Vampiren und Hexen zu tun hatte, würde es definitiv eine kleine Hysterie auslösen. Meine Mutter hielt sich bedeckt, aber mit genügend Nachforschungen würde es nicht lange dauern, bis die Leute herausfänden, dass sie die Nachfahrin des Fabrikbesitzers war.

Mein Name stand in der Urkunde, und ich würde mit Sicherheit in den Schlamassel hineingezogen werden. Während es wahrscheinlich eine riesige Gruppe von Leuten gäbe, die diejenigen beneiden und bewundern würden, die echte Hexen waren oder Hexen in ihrer Familiengeschichte vorweisen konnten, gab es auch die andere Seite der Medaille. Eine viel gefährlichere Seite.

»Ich schätze, du hast recht. Was weißt du über die Fabrik?«, fragte ich und überlegte, ob er mehr über die Geschichte wusste als ich. Offensichtlich war ich mein ganzes Leben lang behütet worden, während Gabriel alles über die Hexen erzählt worden war.

»Ich weiß, dass Hexen es im Allgemeinen nicht leicht hatten. Die Geschichte beweist das. Meine Mutter hat mir Geschichten über einen Zirkel erzählt, der in den frühen Neunzehnhunderten in dieser Gegend lebte. Nach den Hexenprozessen von Salem waren die Hexen viel vorsichtiger, aber meiner Mutter zufolge gab es einige, die viel zu kühn waren.«

»Was war mit diesem Zirkel?«, fragte ich fasziniert, denn ich wusste, dass es der Zirkel gewesen sein musste, dem meine Ururgroßmutter und so weiter die Linie hinab angehört hätten.

»Anscheinend wurden sie ebenfalls in eine Mordermittlung verwickelt. Es ging das Gerücht um, die Hexen hätten einen Mann getötet, der drohte, sie zu enttarnen. Damals waren die

Leute nicht so tolerant. Sie mussten sich nicht nur vor Gericht verantworten, sondern wurden auch aus der Stadt gejagt.«

»Noch ein Mord?«, fragte ich überrascht. Meine Mutter hatte dieses kleine Detail einfach übergangen.

Er nickte. »Ich erinnere mich nicht an die genauen Umstände, aber ich weiß, dass mehrere der Hexen unter Verdacht standen. Das hat die Art und Weise verändert, wie sie ihre Magie praktizierten. So wie ich das verstanden habe, wurde die Fabrik damals zu ihrem geheimen Clubhaus«, scherzte er.

»Ergibt irgendwie Sinn, schätze ich«, murmelte ich.

Ich musste meine Mutter nach diesem Vorfall fragen. Es würde erklären, warum sie jetzt so verzweifelt versuchte, die Wahrheit zu verbergen.

»Willst du einen Nachtisch?«, fragte er.

»Was steht denn zur Auswahl?«

Er kicherte. »Ich habe einen schönen, großen Brownie gesehen. Wir können ihn uns teilen.«

»Klingt gut für mich.«

Während er hinging, um unser Schokoladenfestmahl zu besorgen, dachte ich über die neuen Informationen nach. Es war wie das Zusammensetzen eines Puzzles. Ich hatte einige der Teile, aber nicht alle. Ich musste mir diese Kassetten ansehen. Ich hatte das Gefühl, dass sie mir mehr verraten würden als jeder in dieser Stadt. Wenn ich echte Beweise fände, die meine Mutter belasteten, müsste ich entscheiden, was zu tun war. Unabhängig von meinen Verdächtigungen konnte ich nicht glauben, dass sie tatsächlich einen Mann töten würde, aber was, wenn der Tod das Ergebnis eines Zaubers war? Es hätte Lila sein können, die den Zauber gewirkt hatte, und meine Mutter deckte sie, um den Zirkel zu schützen.

Ich stöhnte bei dem Gedanken an die vielen Möglichkeiten, die alle zu meiner Mutter und ihren Freundinnen zurückführten.

»So schlimm, was?«, sagte Gabriel und nahm an unserem Tisch Platz.

»Ich habe nur über die Situation nachgedacht. Ich wünschte,

ich könnte die Zeit zurückdrehen und vergessen, dass all das je passiert ist. Dann wäre ich in meiner Bäckerei und würde mein ganz normales Leben leben.«

»Ich nicht.«

»Du nicht, was?«

»Ich bin irgendwie froh, dass das alles passiert ist.«

»Ich glaube nicht, dass die Familie des Mannes da zustimmen würde.«

»Ich wünsche niemandem den Tod, aber ich bin froh, dass du gezwungen warst, hierherzukommen. Ich hätte dich vielleicht nie getroffen, wenn er nicht eines unzeitigen Todes gestorben wäre.«

Ich sah ihn an, und so sehr ich auch sagen wollte, dass er Unrecht hatte, stimmte ich ihm zu.

»Verrat es niemandem«, sagte ich, beugte mich vor und senkte meine Stimme, »aber ich glaube, ich bin auch froh, dass ich hierher gezerrt wurde.«

Er grinste und biss in den Brownie.

KAPITEL ZWÖLF

Ich musste ins Bett. Ich war erschöpft, aber viel zu aufgeregt, um zu schlafen. Ich musste sehen, was auf diesen Bändern war. Ich hatte schreckliche Angst, etwas Furchtbares zu sehen, hoffte aber gleichzeitig wider Erwarten, etwas zu finden, das die Unschuld meiner Mutter in allen Punkten beweisen würde. Ich wollte sie nicht in orangefarbener Gefängniskleidung sehen. Die Frau konnte zwar einige exzentrische Looks tragen, aber ein orangefarbener Overall würde ihr definitiv nicht stehen.

Ich zog mir Shorts und ein T-Shirt an und machte es mir auf der Couch gemütlich, um ein paar Videos anzusehen. Nachdem ich das erste Band etwa fünfzehn Minuten lang angesehen hatte, wurde mir klar, dass die Kamera so eingestellt war, dass sie sich bei Bewegungserkennung einschaltete. Der Zeitstempel in der unteren Ecke des Bildschirms bestätigte das.

Obwohl ich jedes Mal nichts sah, nahm ich an, dass es wahrscheinlich aufgewirbelter Staub war, der genug Bewegung verursachte, um die Kamera zu aktivieren. Das erste Band war eine totale Enttäuschung und ich dachte schon, ich würde meine Zeit verschwenden. Wahrscheinlich waren die Bänder deshalb zurückgelassen worden. Es gab nichts zu sehen.

Ich schob das nächste Band ein und rieb mir die Augen, um

die Müdigkeit zu vertreiben. Ich spürte, dass hier etwas war, ich wusste nur nicht, was. Der einzige Weg, es herauszufinden, war die altmodische Art. Ich musste es mit eigenen Augen sehen.

Ich blinzelte, rieb mir die Augen und spulte das Band zurück. Ich stand nur Zentimeter vom Fernseher entfernt, um sicherzugehen, dass ich wirklich das gesehen hatte, was ich zu sehen glaubte.

»Oh nein«, murmelte ich in den leeren Raum. »Oh nein. Oh, Mama.«

Ich sah zu, wie meine Mutter die Fabrik betrat und im Erdgeschoss nach hinten ging. Es musste ein Dutzend Kameras in der Fabrik geben, was ein wenig beunruhigend war. Wie konnte meine Mutter nicht bemerkt haben, dass sie gefilmt wurde?

Ich stand vor dem Fernseher und schnappte nach Luft, als ich sah, wie Lila hereinkam und in die gleiche Richtung wie meine Mutter aus dem Blickfeld der Kamera verschwand. Das Kamerabild sprang von einem Bereich zum nächsten, aber von ihnen war keine Spur zu sehen. Es war, als wären sie verschwunden. Ein paar kurze Minuten später sah man Magnolia und Coral zusammen hereinkommen. Sie schienen zu lachen und zu plaudern, als wäre es für sie völlig normal, mitten in der Nacht in einer verlassenen Fabrik zu sein.

Ich überprüfte den Zeitstempel. Es war kurz nach Mitternacht, eine Woche, bevor der Mann getötet worden war. George Cannon hatte nicht gelogen. Meine Mutter und ihre Freundinnen waren erwischt worden. Ich hatte den Beweis direkt vor mir.

Mehrere weitere Bänder zeigten das Gleiche. Meine Mutter und ihre Freundinnen schlichen sich hinten in die Fabrik und verbrachten zwischen dreißig Minuten und mehreren Stunden irgendwo außerhalb des Kamerabereichs. Das erklärte die Fußspuren, die wir an jenem Tag im Dreck gesehen hatten, aber es erklärte nicht, was sie dort taten.

Ich schaltete den Fernseher aus und ging nach oben. Ich war

erschöpft. Es war nach ein Uhr und ich musste etwas Schlaf bekommen. Die Bänder bewiesen nur, dass meine Mutter in der Fabrik gewesen war. Es gab keine eindeutigen Beweise oder einen Nachweis, dass sie dem Mann etwas angetan hatte. Natürlich hatte ich noch nicht alle Bänder angesehen und war nicht sicher, was ich finden würde, wenn ich es tat. Ich schloss die Augen und versuchte, alles auszublenden.

Es gelang mir, einzuschlafen und von Hexen, Besen und Kesseln zu träumen.

Wie üblich wachte ich früh auf. Meine Augen fühlten sich an, als wäre man ein paar Mal mit Sandpapier darübergefahren. Ich versuchte wieder einzuschlafen, aber es war sinnlos. Mein Gehirn lief auf Hochtouren und versuchte, das Rätsel um die Beteiligung meiner Mutter am Tod des übernatürlichen Ermittlers zu lösen.

Ich stolperte unter die Dusche, in der Hoffnung, sie würde mich wiederbeleben. Nicht viel Glück dabei, was bedeutete, dass ich Unmengen an Koffein und Zucker brauchen würde. Ich hätte jetzt wirklich einen meiner gefüllten Krapfen essen können. Meine Bäckerei war berühmt für sie.

Ich riss die Küchenschränke auf und suchte nach Zucker. Wenn ich noch einen Tag hierbleiben wollte, musste ich ein paar richtige Lebensmittel besorgen. Ich war schlecht gelaunt, müde und hatte glasige Augen, als ich vor dem Crooked Coffee vorfuhr. Wahrscheinlich hätte ich einen Warnhinweis auf der Stirn tragen sollen.

»Hallo«, murmelte ich zu dem jungen Mann hinter dem Tresen. »Einen Kaffee und einen Eclair.«

»Wir haben keine Eclairs.«

Ich zog meine Sonnenbrille herunter und starrte ihn mit meinen knallroten Augen an. »Na gut. Geben Sie mir einen Doughnut mit Glasur. Mir egal, welche Sorte.«

»Da ist heute Morgen aber jemand ein bisschen gereizt.«

Ich stöhnte. Darauf hatte ich keine Lust. Ich atmete tief durch und schwor mir, niemanden zu schlagen oder anzuschnauzen, auch nicht Lila, die wenige Augenblicke nach mir den Eingang betrat. »Guten Morgen, Lila.«

»Meine Güte, Sie sehen aber ziemlich mitgenommen aus.«

»Danke. Genau diesen Look wollte ich erreichen«, erwiderte ich.

Sie machte einen Schritt zurück. »Oh, mein Gott.«

Ich drehte mich um, nahm meinen Kaffee und den Doughnut vom Kassierer entgegen und wollte gehen, aber Lila hielt mich auf.

»Ist alles in Ordnung, meine Liebe?«

»Nein. Entschuldigen Sie mich bitte. Ich muss los.«

»Wohin haben Sie es denn heute Morgen so eilig?«

Ich trug immer noch meine Sonnenbrille, also hoffte ich, dass sie mein Augenrollen nicht sehen konnte. »Ich habe ein paar Dinge zu erledigen.«

Sie trat zur Seite, als ich mich an ihr vorbeidrängte und zur Tür hinausging. Ich hatte keine Ahnung, wohin ich fuhr. Eigentlich hatte ich vorgehabt, meinen Kaffee im Laden zu trinken, aber ich hätte wissen müssen, dass dort an Ruhe und Frieden nicht zu denken war. Irgendjemand war *immer* da, und langsam hatte ich das Gefühl, man hätte mir eine Art Peilsender eingepflanzt.

Ich saß ein paar Minuten in meinem Auto und nippte an meinem Kaffee. Ich sah zu, wie Lila hinausging, startete dann schnell meinen Wagen und fuhr rückwärts aus der Parklücke. Ich hatte ihr gesagt, dass ich es eilig hätte, also sollte ich mich besser auch so verhalten.

Ich fuhr die Crooked Street entlang und überlegte, wohin ich fahren sollte. Ich wollte nicht sofort zurück zum Haus. Noch nicht.

Mir kam eine Idee, ich bog bei der ersten Gelegenheit rechts ab und fuhr stadtauswärts. Ich parkte vor dem alten blauen Haus und lächelte. Ich liebte diesen Ort.

Ich stieg aus dem Auto und fühlte mich sofort besser. Als

Magnolia die Fliegengittertür aufstieß und nach draußen trat, lächelte ich und winkte ihr zu.

»Violet Broussard! Ich bin so froh, dass du vorbeikommst! Ich hatte gehofft, dich zu sehen, während du in der Stadt bist«, sagte sie mit einem warmen Lächeln und kam auf mich zu.

»Tut mir leid, dass ich nicht früher vorbeigekommen bin.«

»Komm rein. Du musst mir alles erzählen. Deine Mutter sagt, du hast eine eigene Bäckerei?«

Ich nickte. »Ja, das stimmt. Sie läuft ziemlich gut.«

Wir gingen hinein, wo sie mich bat, Platz zu nehmen. »Soll ich dir den Kaffee nachfüllen?«

»Gerne, ich bin total kaputt.«

»So siehst du auch aus. Was ist los? Hält dich der Geist deiner Großmutter nachts wach?«

Ich hätte die leere Tasse in meiner Hand beinahe fallen gelassen. »Was?«

Magnolia schenkte mir dieses Lächeln, an das ich mich aus meiner Kindheit erinnerte. Sie hatte früher oft auf mich aufgepasst. Ihre Tochter, Daphne, und ich waren Freundinnen gewesen und hatten viel Zeit miteinander verbracht. Immer wenn wir etwas ausheckten, wusste Magnolia Bescheid und schenkte uns genau dieses Lächeln.

»Deine Mutter meinte, sie hätte mit dir über das Familiengeheimnis gesprochen.«

Ich atmete tief ein und langsam wieder aus. »Ja, das hat sie, und deshalb bin ich hier.«

»Ich hole dir schnell den Kaffee, dann können wir reden«, sagte sie, nahm meine Tasse und ging in die Küche.

Ich sah mich in ihrem Haus um. Es war klein, gemütlich und einladend. Sie war keine reiche Frau. Wie alle anderen Frauen, mit denen meine Mutter befreundet war, war sie alleinerziehend gewesen. Die Freundinnen meiner Mutter taten sich schwer damit, ihre Ehemänner zu halten. Ich hoffte, dass ich diese spezielle Eigenschaft nicht geerbt hatte.

Sie setzte sich und tätschelte mein Knie. »So, mein Schatz. Was bedrückt dich denn?«

Ich wollte nicht gleich mit der Tür ins Haus fallen, aber ich musste herausfinden, wie viel sie bereit war, mir zu erzählen. Ich hatte die Beweise auf den Bändern bereits gesehen. Magnolia hatte die Fabrik besucht und war genauso misstrauisch wie die anderen.

»Ich weiß nicht, ob mich etwas bedrückt, aber ich mache mir Sorgen wegen dieses Ermittlers für Übernatürliches. Muss ich mir Sorgen machen?«

»Ich glaube, deine Mutter kümmert sich um die Angelegenheit. Wir können eigentlich nichts tun, bis Harold entscheidet, ob es Mord oder ein Unfall war«, sagte sie resigniert.

»Was ist, wenn er entscheidet, dass es Mord ist?«

»Dann können wir nichts tun, außer vorbereitet zu sein.«

»Warum müsstest du vorbereitet sein?«

Sie blickte auf ihre Hände hinab. »Man kann nie wissen. Es gibt da ein paar Gerüchte und, nun ja, den Rest kennst du ja.«

Sie wich mir aus. Keine dieser Frauen würde mir reinen Wein einschenken. Es war zum Verrücktwerden.

»Magnolia, sag mir etwas. Wie weit würdest du gehen, um dein Geheimnis und die Geheimnisse deiner Freundinnen zu schützen?«

Für einen Moment schien sie in Gedanken versunken zu sein. »Ich weiß es nicht wirklich. Ich weiß, dass ich alles in meiner Macht Stehende tun würde, um unsere Familien zu schützen. Manchmal muss man Dinge tun, die man lieber nicht tun würde, für das Allgemeinwohl. Was würde es irgendjemandem nützen, wenn unser Geheimnis aufgedeckt und in irgendeiner Fernsehsendung im Kabelfernsehen zur Schau gestellt wird?«

Das war nicht die Antwort, die ich erwartet hatte. »Ich weiß nicht. Ich glaube nicht, dass ich deswegen jemanden ermorden würde.«

Magnolia kicherte. »Naja, ich glaube nicht, dass das eine von uns tun würde, aber das weiß man erst, wenn man mal in den Schuhen eines anderen gesteckt hat.«

Die Tür schwang auf und Daphne kam herein. »Violet?«

Ich stand auf und ging auf sie zu, um sie zu umarmen. »Daphne! Das ist viel zu lange her! Wie geht es dir?«, fragte ich, aufrichtig erfreut, sie zu sehen.

»Mir geht's super! Was machst du denn hier?«

»Ich bin für ein paar Tage in der Stadt und dachte, ich schaue mal bei deiner Mutter vorbei. Wohnst du wieder hier?«

Sie nickte. »Jep, bin vor ein paar Monaten nach Hause gekommen, nur um festzustellen, dass alle verschwunden waren.«

»Das tut mir leid, ich wusste nicht, dass du hier wohnst. Ich hätte dich sonst schon früher aufgespürt. Wir müssen uns unbedingt austauschen!«

»Hast du gerade etwas vor?«, fragte sie.

Ich zuckte mit den Schultern. »Nicht wirklich. Ich hetze mich ab, um zu warten.«

Sie nickte und runzelte die Stirn. »Ach ja, die Ermittlungen. Es tut mir leid, dass du deswegen zurückkommen musstest. Es ist wirklich traurig, dass jemand in der alten Fabrik gestorben ist, aber ich weiß nicht, warum Harold so einen Wirbel darum macht. Als ob deine Mutter jemals jemandem etwas zuleide tun würde.«

Ich behielt meine Meinung für mich und sagte nichts weiter. Offensichtlich war Daphne nicht in alle Informationen eingeweiht. »Lust auf einen Kaffee?«, fragte ich.

Sie sah auf die Tasse in meiner Hand. »Sieht aus, als hättest du schon Kaffee getrunken.«

Ich lachte. »Glaub mir, ich brauche mehr, außerdem ist es noch nicht Mittag. Vormittags Kaffee und nachmittags Espresso. Das ist meine Regel.«

»Ich bin dabei. Crooked Coffee?«, fragte sie.

Obwohl es dort den besten Kaffee der Stadt gab, hatte ich mit dem Café kein Glück gehabt. Jedes Mal, wenn ich einen Fuß in den Laden setzte, wurde ich von irgendeiner Wichtigtuerin gestört.

»Ist das wirklich das einzige Café in der Stadt?«, fragte ich.

»Nein, aber es ist der einzige Ort, an dem die meisten Leute ihren Kaffee holen. Es gibt noch das Diner, aber ich glaube nicht, dass die schon so früh geöffnet haben.«

Ich seufzte und gab nach. »Na gut, dann eben Crooked Coffee. Ich treffe dich dort?«

»Jep, ich bin etwa fünf Minuten nach dir da. Halte mir einen Platz frei«, zwinkerte sie.

Ich lachte. Der Laden war normalerweise nicht allzu überfüllt. Jedenfalls nicht, bis ich auftauchte.

KAPITEL DREIZEHN

Der Tisch, den ich so liebgewonnen hatte, war besetzt, sodass ich stattdessen einen am Fenster nehmen musste. Es war ja nicht so, als ob es eine Rolle spielen würde, wenn mich jemand durch das Fenster sehen könnte. Jeder, der mich finden wollte, schien ohnehin immer zu wissen, wo ich war. Ich bestellte eine weitere starke Tasse Kaffee und hoffte, dass sie meine Gier nach Koffein endlich stillen würde. Nachdem ich großzügig Zucker hinzugefügt hatte, nippte ich an meinem Kaffee und starrte in Gedanken verloren aus dem Fenster.

»Ich bin da!«, sagte Daphne etwas außer Atem, als sie sich setzte. »Mom hat sich verquatscht, und ehe ich mich versah, waren zehn Minuten vergangen. Ich bin gleich wieder da«, sagte sie, stand auf und ging zum Tresen.

Ich sah ihr nach und wünschte, ich hätte nur einen Bruchteil ihrer Energie. Daphnes fast schwarzes Haar war zu einem schnellen Pferdeschwanz zurückgebunden. Sie hatte die leuchtend blauen Augen und die schlanke Statur ihrer Mutter.

Sie kehrte zum Tisch zurück und setzte sich schwungvoll hin. »Erzähl mir alles.«

Ich brach in Gelächter aus. »Das könnte eine Weile dauern.«

»Okay, fangen wir mit den Grundlagen an. Fester Freund? Verheiratet?«

»Weder noch. Und du?«

»Lange Geschichte, und ich will nicht wirklich darüber reden, wo ich doch gerade guter Laune bin. Wie läuft deine Bäckerei?«

»Gut, wirklich gut, was mich daran erinnert, dass ich heute noch meine stellvertretende Geschäftsführerin anrufen und nach dem Rechten sehen muss. Was machst du denn so zurzeit?«

Sie verdrehte die Augen. »Bei mir ist das reinste Chaos. Im Moment arbeite ich bei der Bank in Ruby Red. In New Orleans habe ich als Pflegerin in der häuslichen Pflege gearbeitet. Davor habe ich gekellnert und davor als Assistentin eines Fotografen gearbeitet. Nichts scheint je zu passen. Ich fühle mich, als hätte ich mich verirrt und fände meinen Weg nicht mehr.«

»Das tut mir leid. Hast du schon mal einen dieser Tests gemacht, die einem sagen, welche Art von Karriere man einschlagen sollte?«

Sie lachte: »Nur den, den wir in der Schule gemacht haben.«

Ich zuckte mit den Schultern und warf ihr einen mitleidigen Blick zu. »Tut mir leid. Du bist noch jung. Du wirst schon noch etwas finden, das du liebst.«

Sie drehte die Kaffeetasse in ihrer Hand. »Violet, ich weiß es.«

Ich trank meinen Kaffee. »Gut. Was denkst du, wirst du tun?«

Sie schüttelte den Kopf. »Nein. Ich meine, ich *weiß* es«, wiederholte sie und betonte das Wort.

Ich hielt die Tasse auf halbem Weg zum Mund an. »Du weißt es?«

Daphne blickte sich im halbleeren Café um. »Meine Mom hat mir erzählt, dass deine Mom es dir erzählt hat.«

Ich hatte das Gefühl, wir sprächen in Rätseln, und das gefiel mir nicht. Ich hatte nicht die Geduld, da mitzumachen. Nicht heute. Nicht an einem Tag, an dem ich ohnehin kaum die Augen offen halten konnte.

»Wovon redest du, Daphne?«

»Von der Hexensache. Davon, dass wir Hexen sind«, flüsterte sie.

»Oh.« Völlig überrumpelt, war diese eine Silbe alles, was ich herausbrachte.

»Ich war auch schockiert. Ich meine, Hexen! Ich dachte, so was gibt es nur in Büchern. Zuerst habe ich ihr nicht geglaubt, aber es hat nicht lange gedauert, bis alles einen Sinn ergab. Dinge, die passiert waren, als wir klein waren, fügten sich plötzlich zusammen. Ich bin immer noch irgendwie sauer, dass sie es mir nicht früher gesagt hat, aber ich verstehe, warum.«

Ich ertappte mich dabei, wie ich mit dem Kopf nickte. »Ja!«, stimmte ich begeistert zu. »So viele Dinge hätten erklärt werden können, wenn wir die Wahrheit gekannt hätten. Ich schätze, ein Teil von mir ist froh, dass ich es nicht wusste, aber der andere Teil hasst es, dass ich es nicht früher erfahren habe.«

»Ziemlich verrückt, oder?«

»Allerdings. Also, verrätst du mir jetzt, warum du wieder hier bist? Ich habe Zeit.«

Daphne rieb sich mit den Händen das Gesicht. »Ugh, tja, Tatsache ist, ich hatte keinen anderen Ort, wo ich hin konnte.«

Sie tat mir im Herzen leid, als sich ihre Augen mit Tränen füllten. »Das tut mir leid«, sagte ich leise. »Du musst es mir nicht erzählen, wenn du nicht willst. Ich verstehe das.«

Sie wischte sich die Augen und schüttelte den Kopf, bevor sie einen Schluck Kaffee nahm. »Nein, schon gut. Mein Mann ist ein untreuer Mistkerl. Ich kam eines Tages früher von der Arbeit nach Hause und erwischte ihn mit einer anderen Frau im Bett.«

»Oh nein, das tut mir leid.«

Sie fing an zu lachen, aber es klang ein bisschen wahnsinnig. »Es war nicht das erste Mal. So armselig bin ich. Ich habe ihn davor schon zweimal erwischt. Ich will gar nicht wissen, wie viele andere es gab, bei denen ich ihn nicht erwischt habe.«

»Das ist schrecklich. Es tut mir leid, aber es klingt, als wärst du ohne ihn besser dran.«

»Finde ich auch. Mom lässt mich bei sich unterkriechen, bis ich wieder auf die Beine komme. Ich fühle mich wie ein kleines Kind, das zu Mami nach Hause rennen muss.«

»Dafür sind Mütter da.«

»Genug von mir«, fuchtelte sie mit der Hand in der Luft herum. »Das Gerücht geht um, dass du und Gabriel was miteinander habt.«

Mir fielen fast die Augen aus dem Kopf. »Was? Nein! Was miteinander haben? Wer hat das gesagt?«

Sie kicherte. »Du weißt doch, wie sehr unsere Mütter tratschen.«

»Wohl eher Lila«, murmelte ich.

»Sie hat das Feuer definitiv geschürt, aber es sind alle. Ich glaube, die sitzen die ganze Zeit zusammen und reden über uns.«

»Wahrscheinlich. Ich schätze, das ist besser, als Zaubersprüche zu wirken und armen, ahnungslosen Frauen Akne zu verpassen«, scherzte ich.

»Oh mein Gott, sie hat dir davon erzählt! Ist das nicht witzig? Coral hat es uns vermasselt. Überleg mal, was wir Gretchen hätten antun können!«, grinste sie.

»Ugh, ich hätte ihr eine riesige Warze auf die Nase gezaubert, wenn ich gekonnt hätte. Sie hätte es verdient.«

»Okay, kommen wir zurück zu Gabriel. Ich habe ihn ein paar Mal gesehen. Er ist heiß. Was ist da los?«

Ich zuckte mit den Schultern, unsicher, wie ich die Frage beantworten sollte. Er fing an, mir wirklich zu gefallen, aber er lebte hier und ich zwei Stunden entfernt. Ich konnte mir nicht vorstellen, wie schwierig es sein würde, eine Fernbeziehung zu führen.

»Ich weiß nicht. Wir waren ein paar Mal aus, und die Chemie zwischen uns scheint zu stimmen. Es ist seltsam. So etwas habe ich noch nie bei jemandem erlebt«, gab ich zu.

Sie lächelte und nickte. »Du magst ihn.«

»Ja, das tue ich.«

»Gut, dann bleib.«

»Was?«

»Bleib hier. Weiß der Himmel, diese Stadt könnte eine Bäckerei gut gebrauchen. Du könntest hier eine Bäckerei eröffnen und bleiben. Du könntest den Kuchen haben und ihn auch essen«, grinste sie. »Verstehst du? Den Kuchen haben und ihn auch essen, und Gabriel ist das Sahnehäubchen.«

Da musste ich lachen. »Süß, aber ich kann nicht einfach meine Zelte abbrechen und eine komplett neue Bäckerei aufmachen. Dafür braucht man Geld, Ausrüstung, ich bräuchte ein Gebäude und so weiter. Ich habe Jahre gebraucht, um meine Bäckerei aufzubauen und rentabel zu machen.«

»Ich helfe dir. Ich habe das Gefühl, Gabriel würde das auch tun. Deine Mutter, meine Mutter und die anderen. Wir sind deine Familie. Komm nach Hause, Violet«, sagte sie sanft.

Ich schüttelte den Kopf, aber innerlich hatte sie einen Samen gesät. Ich hatte ja schon ein Zuhause, hypothekenfrei, was bedeuten würde, dass ich in den ersten paar Monaten nicht allzu sehr davon abhängig wäre, dass die Bäckerei Gewinn abwirft.

»Ich weiß nicht, Daphne. Darüber muss ich erst mal nachdenken. Gabriel und ich haben wirklich sehr wenig Zeit miteinander verbracht. Ich bin nicht bereit, hierherzuziehen, um bei einem Mann zu sein, den ich nicht einmal gut kenne. Vielleicht gibt es für uns nicht einmal eine Zukunft.«

»Das wirst du nicht herausfinden, wenn du es nicht versuchst.«

»Was ist, wenn, du weißt schon«, sagte ich und machte eine vage Kopfbewegung.

»Was weiß ich schon?«

»Das mit der Hexe. Was ist, wenn er es herausfindet und nichts mehr mit mir zu tun haben will?«

Das schien ihr den Wind aus den Segeln zu nehmen. Sie lehnte sich in ihrem Stuhl zurück. »Oh.«

»Genau.«

»Seine Mutter war eine Hexe. Es ist ja nicht so, als wäre ihm die ganze Sache fremd. Ich glaube nicht, dass er schreiend davonlaufen würde. Gib ihm eine Chance.«

»Kümmern wir uns darum, wenn es so weit ist. Im Moment konzentriere ich mich auf diese Ermittlung«, sagte ich und lenkte das Gespräch auf ein viel sichereres Thema.

Sie pfiff leise. »Was für ein Schlamassel.«

»Daphne, kann ich dir was sagen?«

»Klar, früher hast du mir immer alles erzählt.«

»Du darfst es deiner Mutter nicht erzählen«, sagte ich und sah ihr direkt in die Augen.

»Mach ich nicht, aber du machst mir langsam echt Angst. Was ist los?«

Ich holte tief Luft und hoffte, dass ich keinen Fehler machte. »Wusstest du, dass deine Mutter und die anderen mitten in der Nacht zur alten Zitronentee-Fabrik gehen?«

»Was? Warum sollten sie das tun?«

»Ich weiß es nicht. Meine Mutter, Lila und Coral haben auch mitternächtliche Besuche abgestattet. Ich habe in der Fabrik ein paar Kassetten gefunden. Ich bin letzte Nacht lange aufgeblieben, um mir die Überwachungsbänder anzusehen, und habe es mit eigenen Augen gesehen.«

»Woher hast du die Überwachungsbänder?«, fragte sie mit einem Gesichtsausdruck voller Verwirrung.

»Die Ermittler für Paranormales haben überall Kameras aufgestellt. Aus irgendeinem Grund haben sie eine Kiste mit Bändern zurückgelassen. Gabriel und ich haben sie gefunden und ich habe sie mit nach Hause genommen.«

»Warum hast du sie nicht dem Sheriff übergeben?«

Ich sah sie an.

»Oh«, sagte sie mit einem Anflug von Erkenntnis.

»Genau. Meine Mutter steht bereits unter Verdacht. Was, wenn sie oder eine der anderen es getan hat?«, zischte ich.

»Auf keinen Fall. Keine von ihnen könnte jemandem etwas zuleide tun. Das weißt du.«

»Dachte ich auch, aber ich wusste auch nicht, dass ich eine

Hexe bin oder dass es eine von ihnen ist. Meine Mutter hat mir wiederholt gesagt, sie würde alles tun, um den Zirkel zu schützen. Was, wenn sie diesen Mann getötet hat, damit er sie nicht entlarvt?«

Daphne schüttelte den Kopf. »Auf keinen Fall. Das glaube ich keine Sekunde lang. Das würde sie nie tun. Warum auch? Ich meine, wenn sie alle Hexen sind, könnten sie nicht einfach einen Zauber wirken oder so etwas und den Kerl vergessen lassen, was er gesehen hat?«

Das war ein gutes Argument, und eines, über das ich noch nicht nachgedacht hatte. »Guter Punkt.«

»Hast du noch etwas auf den Bändern gesehen? Ich meine, gibt es etwas wirklich Belastendes? Sie kommen und gehen zu sehen, bedeutet nicht, dass sie ihn tatsächlich ermordet haben.«

»Nein, habe ich nicht. Ich muss mir noch einige weitere ansehen. Ich habe fast Angst vor dem, was ich sehen werde. Was, wenn ich herausfinde, dass sie oder Lila etwas getan hat? Ich weiß nicht, ob ich sie ausliefern könnte. Das kann ich nicht tun.«

»Mach dir keine Sorgen über Dinge, die noch nicht passiert sind. Sieh dir den Rest der Bänder an, bevor du irgendetwas annimmst. Hast du deine Mutter darauf angesprochen?«

Ich rieb mir das Gesicht, der Koffeinschub ließ bereits nach. »Nein. Ich war letzte Nacht lange auf und hatte heute noch keine Gelegenheit, mit ihr zu reden.«

»Ich kann dir nicht sagen, was du tun sollst, aber an deiner Stelle würde ich mir diese Bänder zu Ende ansehen, bevor du sie konfrontierst. Vielleicht beweist du ja ihre Unschuld, anstatt ihre Schuld zu beweisen. Schau auf das Positive, anstatt dich auf das Negative zu konzentrieren«, sagte Daphne mit einem strahlenden Lächeln.

Gedankliches Augenrollen. »Seit wann bist du denn so ein Sonnenschein?«

»Seit mir klar geworden ist, dass das Leben nur so schlimm ist, wie man es zulässt. Ich habe viel Schlechtes in meinem Leben gesehen und das will ich nicht mehr. Solange es nicht absolut schrecklich ist, werde ich das Schlechte nicht mehr sehen«, sagte sie, als ob der Glaube daran es wahr machen würde.

»Einen Versuch ist es wert. Ich werde nach Hause gehen, mir die Bänder ansehen und auf das Beste hoffen. Ich hoffe nur, dass Harold aufhört, sich so sehr auf meine Mutter zu konzentrieren.«

Sie schaute auf ihre Uhr. »Ich muss zur Arbeit. Ich melde mich am Wochenende bei dir. Du bist doch hoffentlich noch da?«

»Ich weiß es nicht genau. Ich werde mit Harold, ich meine, Sheriff Smith, sprechen und sehen, wie der Stand der Dinge ist. Ich habe nicht das Gefühl, dass ich wirklich etwas tue. Es erscheint mir albern, auf unbestimmte Zeit hier rumzuhängen.«

Sie stand auf und sah auf mich herab. »Ich glaube, du tust etwas, du weißt es nur noch nicht.«

Ich sah ihr nach, wie sie den Laden verließ, bevor ich aufstand und zu meinem Auto zurückging. Daphne hatte recht. Ich musste aufhören, so negativ zu sein. Mein Ausflug nach Lemon Bliss war gar nicht so schlecht. Ich hatte Gabriel kennengelernt. Ich hatte erfahren, dass ich eine Hexe war. Was ich immer noch nicht ganz glauben konnte.

Es war nicht alles schlecht. Jetzt musste ich nur noch beweisen, dass meine Mutter unschuldig am Mord war. Wie schwer konnte das schon sein?

KAPITEL VIERZEHN

Mir graute vor dem Anruf, den ich tätigen musste. Tara hatte mich wahrscheinlich schon aufgegeben. Ich fühlte mich jedenfalls so, als hätte ich sie im Stich gelassen.

Sobald ich zu Hause war – seltsamerweise bezeichnete ich das Haus meiner Großmutter inzwischen als mein Zuhause –, rief ich sie an.

»Hi«, sagte ich verlegen.

Zuerst war sie still. »Hey, du. Bald weiß ich gar nicht mehr, wie du aussiehst.«

»Ich weiß. Ich bin furchtbar. Eine unmögliche Chefin und Freundin. Ich habe dich komplett im Stich gelassen.«

»Ist schon in Ordnung. Ich habe aber eine neue Mitarbeiterin eingestellt. Ich konnte die langen Tage nicht mehr allein bewältigen«, sagte sie, aber ich hörte keine Verärgerung in ihrer Stimme.

»Gut. Das freut mich. Wir haben ja schon ewig darüber geredet. Es tut mir so leid. Das ist alles so ein Chaos.«

»Ich verstehe das. Du kannst ja nicht beeinflussen, wie schnell die Polizei arbeitet.«

Ich schnaubte. »Schön wär's. Langsam ist dafür gar kein Ausdruck. Es ist ja nicht so, als würde dieser Ort von Verbrechen heimgesucht, aber das hier ist ein verdächtiger Todesfall, also ist das hier eine große Sache. Der Sheriff scheint fest entschlossen, sich Zeit zu lassen. Ich mache mir Sorgen, abzureisen, bevor er das geklärt hat«, erklärte ich.

»Sollte ich mir Sorgen machen?«, fragte sie.

»Nein! Auf keinen Fall. Ich werde mir etwas einfallen lassen. Ich fahre am Montag hoch, selbst wenn ich noch am selben Abend zurückkommen muss, aber ich werde da sein.«

»Klingt gut. Also, was hast du sonst noch so in Lemon Bliss, Louisiana, getrieben? Ich liebe es einfach, diesen Namen auszusprechen.«

Ich kicherte, froh zu hören, dass sie nicht böse auf mich war. »Nicht viel. Ich habe mich in die Fabrik geschlichen und ein paar Überwachungsbänder gestohlen. Gestern habe ich mir bis spät in die Nacht einen Haufen davon angesehen, und ich bereite mich gerade darauf vor, mir den Rest anzusehen.«

»Du hast was getan?«, kreischte sie. »Violet!«

»Es ist nicht so schlimm, wie es klingt. Dieser Ort ist ganz anders. Ich glaube nicht, dass ich hier in dieselbe Art von Schwierigkeiten geraten würde wie bei einem echten Polizisten und einer echten Ermittlung«, witzelte ich.

»Violet, Gesetz ist Gesetz. Dein Sheriff mag kein Großstadt-Cop sein, aber ich habe das Gefühl, er wäre stinksauer, wenn er wüsste, dass du Beweismittel mitgenommen hast. Du bewegst dich auf dünnem Eis. Das ist dir überhaupt nicht ähnlich«, fügte sie hinzu.

Es war mir wirklich nicht ähnlich, aber ich konnte ihr nicht genau erklären, warum es so wichtig war, dass ich mir die Bänder ansah. »Ich weiß. Ich schätze, ich sollte sie wahrscheinlich übergeben.«

»Ja, das solltest du. Stiftet dieser Typ dich dazu an?«

»Gabriel? Nein. Ich meine, er war bei mir und er weiß von den Bändern, aber ich habe ihn dazu angestiftet, und er hat einfach mitgemacht.«

»Violet, sei bitte vorsichtig. Ich weiß, du sagst, es ist eine Kleinstadt, aber du legst dich mit einer ernsten Sache an.

Jemand ist in dieser Fabrik gestorben. Wenn du auf dem Weg ins Gefängnis bist, muss ich das wissen.«

»Das bin ich nicht. Es wird alles gut gehen. Hör zu, ich muss los, aber ich melde mich morgen und ich *werde* dich am Montag sehen, wenn nicht früher«, versprach ich, obwohl ich wusste, dass ich keine Versprechen machen sollte, die ich nicht halten konnte.

»Pass auf dich auf und mach keinen Ärger!«

Ich lachte und legte auf. Sie hatte recht. Irgendwie. Ich würde die Bänder aushändigen, aber zuerst wollte ich selbst sehen, was in der Fabrik vor sich ging. Ich klammerte mich an die Hoffnung, dass die Ermittler im Laufe der Wochen vielleicht eine neue Kamera aufgestellt hatten. Ich war genauso daran interessiert zu sehen, was meine Mutter getrieben hatte, wie die Ermittler.

Nachdem ich mir noch mehrere Bänder angesehen und nichts Aufregendes oder Interessantes entdeckt hatte, bekam ich langsam ein schlechtes Gewissen. Ich hätte mir die Bänder nicht ansehen dürfen. Sie waren wahrscheinlich Beweismittel in einem Mordfall. Ich hatte kein Recht, Amateurdetektivin zu spielen. Ganz zu schweigen davon, dass sie todlangweilig waren. Es gab nichts zu sehen. Nichts, außer Rauschen und Staub. Meine Augen schmerzten von der Anstrengung, durch die Schwärze etwas erkennen zu wollen. Da war nichts. Vielleicht dachten die Ermittler, sie würden Geister auf Film festhalten, aber ich sah nichts dergleichen.

Ich schaltete das Band aus, schaute in die Kiste, in der noch drei ungesehene Bänder lagen, und schüttelte den Kopf. Ich konnte es nicht. Das Schuldgefühl lastete wie ein Felsbrocken auf meinen Schultern und ich konnte den Gedanken nicht ertragen, mir noch eine weitere Minute davon anzusehen. Ich hatte meine Mutter und ihre Freundinnen noch einige Male kommen und gehen sehen, aber es waren immer nur kurze Augenblicke, bevor sie verschwanden. Vielleicht war es das, was die Ermittler so aufregend fanden. Konnten sie geglaubt haben, meine Mutter und die anderen Frauen seien buchstäblich verschwunden?

Ich griff nach meinem Handy und rief im Büro des Sheriffs an.

»Ist Sheriff Smith da?«, fragte ich, als seine Sekretärin abnahm.

»Ja. Wer ist am Apparat?«

»Hier ist Violet Broussard. Ich muss wirklich mit ihm sprechen.«

Sie legte mich in die Warteschleife und ich wurde plötzlich sehr nervös. Er würde wahrscheinlich sehr wütend sein. Ich hatte Beweise entdeckt und zurückgehalten. Ich hatte meine Verteidigung parat und machte mich auf eine lange Standpauke und vielleicht sogar eine Nacht im Gefängnis gefasst. Ich hoffte wirklich, dass es nicht so weit kommen würde, aber ich hatte etwas ziemlich Schlimmes getan.

»Miss Broussard, was kann ich für Sie tun?«, ertönte seine tiefe Stimme in der Leitung.

Ich räusperte mich und atmete tief durch. »Ich habe einige Videobänder, die Sie vielleicht interessieren könnten.«

»Was für Videobänder?«

»Äh, es sind Videos von Überwachungskameras, die in der Fabrik aufgestellt sind oder waren.«

»Ich dachte, Sie hätten dort draußen keine Sicherheitsvorkehrungen?«, fragte er mit Misstrauen in der Stimme.

»Habe ich auch nicht.«

»Verstehe. Woher haben Sie diese Bänder also?«

Ich zögerte. Ich gab ihm die Bänder, also musste ich meine Rolle bei der Beschaffung nicht verraten. »Ich habe sie gefunden. Wollen Sie sie haben?«

»Wenn sie mit meinen Ermittlungen zu tun haben, will ich sie natürlich haben. Können Sie sie jetzt vorbeibringen?«

Ich schaute auf die Uhr. »Ja, ich komme sofort vorbei, um sie abzugeben«, erklärte ich und stellte sicher, dass er wusste, dass ich mich keinem Verhör unterziehen würde. Er bekam die Bänder. Das musste reichen.

Ich trug die Kiste zum Auto und machte mich auf den Weg zum Büro des Sheriffs.

Er wartete schon auf mich und sah alles andere als erfreut aus. »Na, sieh mal einer an. Eine ganze Kiste mit Videokassetten.«

»Ja.«

»Was ist darauf?«

Ich überlegte, ob ich leugnen sollte, sie angesehen zu haben, aber ich hatte das Gefühl, dass das zwecklos wäre. »Nichts, was ich gesehen hätte.«

»Was haben Sie denn gesehen?«

»Nichts Aufregendes. Viel Staub. Hier und da ein paar Schatten«, log ich.

»Ich nehme an, die sind von den Kameras, die diese Ermittler aufgestellt haben?«

»Ja. Sie scheinen bewegungsaktiviert zu sein«, erklärte ich.

»Und Sie sind einfach so darüber gestolpert?«

Ich blickte auf meine Füße. »Im Grunde schon.«

»Waren sie im Haus Ihrer Großmutter?«, fragte er.

Das war eine Möglichkeit, aber wenn ich das sagen würde, würde ich meine Mutter belasten. »Nein.«

»Verstehe.«

Ich atmete tief durch und sah ihm in die Augen. »Ich gehe dann jetzt.«

Ich rechnete halb damit, dass er mich aufhalten würde. Mir Handschellen anlegen und mich in eine dunkle, feuchte Zelle werfen, wo man mir nur Wasser und Brot servieren würde, bevor man herausfände, dass ich eine Hexe bin, und mich auf dem Scheiterhaufen verbrennt. Ja, ich hatte eine blühende Fantasie. Ich musste schlafen. Mein Gehirn war Matsch.

»Na gut, danke, dass Sie das Richtige getan haben, auch wenn Sie dabei das Falsche getan haben. Ich werde sie mir ansehen. Sie kennen das Spiel ja: Bleiben Sie in der Nähe, falls ich noch Fragen habe.«

Ich stöhnte. »Sheriff Smith, ist das wirklich nötig?«

»Ja, und wenn Sie nicht möchten, dass ich Sie daran erinnere, dass das Einbrechen in einen aktiven Tatort illegal ist und das Stehlen von Beweismitteln ebenfalls, schlage ich vor, Sie schalten einen Gang zurück und bleiben in der Stadt«, belehrte er mich.

»Natürlich, ich verstehe«, erwiderte ich und behielt meinen Ärger für mich.

Nachdem ich die Polizeiwache verlassen hatte, kehrte ich zu meinem Auto zurück. Ich wusste, dass ich Lemon Bliss nicht verlassen würde, aber es war trotzdem frustrierend, gesagt zu bekommen, dass ich hierbleiben musste. Ich musste anfangen, über den nächsten Tag hinauszudenken und ein paar Lebensmittel ins Haus zu schaffen.

Ich steuerte mein Auto auf den kleinen Supermarkt zu und überflog den Parkplatz, bevor ich ausstieg. Ich wollte schnell rein und wieder raus, wenn möglich unbemerkt.

Anstelle des kleinen Einkaufskorbs schnappte ich mir einen richtigen Einkaufswagen. Da wurde mir klar, dass ich am Verhungern war und mich nach einer richtigen, warmen Mahlzeit sehnte. Das einzige Problem war, dass ich nicht kochte. Ich backte zwar, aber Mahlzeiten kochen war nicht mein Ding. Ich konnte den ganzen Tag Kuchen und Gebäck herstellen, aber meine Kochkünste waren eher bescheiden. Ich fand es nie so unterhaltsam wie das Backen.

Ich schob meinen Wagen zur Tiefkühlabteilung und suchte ein paar Fertiggerichte aus, zusammen mit ein paar anderen schnellen Mahlzeiten. Als ich bei der Obst- und Gemüseabteilung ankam, stellte ich fest, dass mein Wagen fast voll war. Mutter würde sagen, dass eine Frau deshalb niemals hungrig oder müde einkaufen gehen sollte.

»Meine Mutter hat immer gesagt, die Obst- und Gemüseabteilung sei ein großartiger Ort, um Frauen kennenzulernen«, durchbrach eine heisere, vertraute Stimme meine Betrachtung der Früchte.

Ein Lächeln kräuselte meine Lippen, als ich mich umdrehte und Gabriel mit einem Korb in der Hand dastehen sah. »Hi!«

»Du sahst aus, als würdest du es mit den Melonen wirklich ernst meinen«, neckte er mich.

»Ich war mit den Gedanken woanders.«

»Du siehst erschöpft aus. Bist du die ganze Nacht wach geblieben, um dir diese Bänder anzusehen?«

Ich nickte langsam. »Ja, das habe ich.«

»Etwas Interessantes dabei?«

»Nö. Sehr langweilig«, sagte ich, noch nicht ganz bereit, ihm zu erzählen, was ich gesehen hatte oder wo die Bänder jetzt waren.

»Ich nehme an, der volle Wagen bedeutet, dass du vorhast, eine Weile zu bleiben«, sagte er und blickte auf meinen mit Snacks gefüllten Einkaufswagen.

»Ich dachte mir, so schnell, wie der Sheriff bei diesen Ermittlungen vorankommt, sollte ich besser auf alles vorbereitet sein. Was nicht gegessen wird, kann ich für meine Besuche hier lassen. Ich mag es nicht, in einem Haus ohne Essen zu sein.«

Er gluckste. »Wer tut das schon? Ich freue mich zu hören, dass du vorhast, zu Besuch zu kommen.«

Ich lächelte. »Das tue ich, falls ich hier jemals wegkomme. Na ja, streich das. Ich fahre am Montag, egal, was der Sheriff sagt. Ich muss zurück und in der Bäckerei nach dem Rechten sehen. Wenn ich wiederkommen muss, dann tue ich das.«

Gabriels Blick glitt über mein Gesicht, aber ich konnte nicht recht deuten, ob er auf meine Ankündigung reagierte. Es war ja keine Neuigkeit. Ich hatte nie vorgehabt, in Lemon Bliss zu bleiben.

»Willst du morgen Abend mit mir essen gehen? Ein letztes Hurra, bevor du fährst?«

»Das würde ich gerne. Heute Abend werde ich mir eines

dieser Fertiggerichte in die Mikrowelle schieben, essen und ins Koma fallen. Ich bin wirklich hundemüde.«

»Ich verstehe. Ich wollte auch nur ein paar Kleinigkeiten besorgen. Wollen wir uns morgen früh auf einen Kaffee treffen? Vorausgesetzt, du bist vor neun Uhr wach«, scherzte er.

»Ha! Ich wünschte, ich könnte länger als sechs Uhr schlafen. Ich treffe dich dort. Um wie viel Uhr?«, fragte ich.

»Sollen wir sieben Uhr anpeilen? Das gibt uns genug Zeit.«

»Ja, ich werde da sein«, sagte ich mit einem Lächeln.

»Okay, bis morgen. Geh nach Hause und ruh dich aus. Hör auf, dir diese Bänder anzusehen«, befahl er.

Ich lächelte und nickte, ohne seine Annahme bezüglich der Bänder zu korrigieren. »Tschüss, Gabriel.«

Er entfernte sich, und ich widmete mich wieder der Wahl der richtigen Melone. Ich würde ihn wirklich vermissen, wenn ich nach Hause fahre.

KAPITEL FÜNFZEHN

Nach einer erholsamen Nacht wachte ich mit der Sonne auf, frisch und bereit für den Tag. Ich wusste, dass es nicht nur der Schlaf war, der mir gute Laune machte. Ich freute mich auf mein Kaffeedate mit Gabriel. Das hätte mich eigentlich fragen lassen sollen, was ich mir dabei dachte, aber mir war nicht danach.

Ich durchsuchte meine spärliche Auswahl an Kleidung und stellte mir ein Outfit zusammen. Omas alte Waschmaschine funktionierte nicht, was ich letzte Nacht herausgefunden hatte. Wenn ich mehr Zeit in Lemon Bliss verbringen würde, müsste ich eine neue für das Haus besorgen. Mit dem Shirt halb über den Kopf gezogen, hielt ich inne. Was dachte ich mir nur?

Ich dachte so, als würde ich hier sein. Und zwar oft. Es war, als wäre es bereits beschlossene Sache. Ich wusste das, aber ein Teil von mir hinkte hinterher und saß noch nicht ganz mit im Boot, was das Geschehen anging.

»Komm mal in die Gänge«, sagte ich zu mir selbst, während ich in den Spiegel schaute.

Ich könnte ein Doppelleben führen. Die Fahrt war nicht so schlimm, redete ich mir ein. Ich könnte alle paar Wochen ein paar Tage hier unten verbringen. Oder?

Darüber müsste ich noch einmal nachdenken. Ich war mir

nicht sicher, was zwischen Gabriel und mir lief, aber ich hatte das Gefühl, dass aus der Beziehung etwas werden könnte, wenn ich bereit wäre, mich dafür anzustrengen. Er könnte ja auch hochfahren und mich besuchen.

»Immer langsam mit den jungen Pferden«, schalt ich mich.

Ich war viel zu voreilig und plante schon eine Beziehung, von der ich nicht einmal sicher war, ob sie überhaupt zustande kommen würde. Es bestand die Möglichkeit, dass er einfach nur nett war und mich beschäftigte, während ich in der Stadt war. Ein Schritt nach dem anderen.

Als ich vor dem Crooked Coffee vorfuhr, war ich nicht überrascht, dass ziemlich viel los war. Die meisten Leute, die in der Stadt wohnten, mussten in die umliegenden Städte und sogar nach New Orleans pendeln. Das bedeutete, sie mussten früh aufstehen und auf die Straße, was das Crooked Coffee zum Hotspot für die frühmorgendlichen Pendler machte.

Gabriel saß an einem Tisch, der in das angrenzende Postamt geschoben worden war. Ich nahm an, das gehörte zum morgendlichen Ansturm. Das Postamt hatte nicht geöffnet, sodass das Café die Fläche nutzen konnte, um den Kundenandrang zu bewältigen. Das war eine gute Idee. Wenn ich eine Bäckerei eröffnen wollte, fragte ich mich, ob ich einen ausreichend großen Laden finden könnte.

Da war ich schon wieder dabei und schmiedete Pläne für eine ungewisse Zukunft.

»Hey«, sagte ich, als ich auf ihn zuging und mein Bestes tat, nicht zu viele Schultern anzurempeln, während ich mich durch den engen Raum kämpfte.

»Schön, dass du mich gefunden hast. Hier ist heute Morgen die Hölle los.«

»Ist hier immer so viel los?«, fragte ich.

Er schüttelte den Kopf. »Nicht so. Ein paar Städte weiter findet ein Rodeo statt. Diese Leute sind auf der Durchreise.«

»Ach, so ist das. Ist einer davon für mich?«, fragte ich hoffnungsvoll und deutete auf die beiden Kaffeetassen auf dem Tisch.

»Ja, ich dachte mir, ich hole dir besser einen, damit du nicht in der Schlange warten musst. Ich habe normalen Kaffee geholt. Ich glaube, das ist es, was du normalerweise trinkst, oder?«

»Ja, danke.« Ich ließ mich auf den Stuhl ihm gegenüber gleiten und war dankbar, dass wir dem größten Teil der Menge im Café aus dem Weg waren.

»Hast du letzte Nacht etwas Schlaf bekommen oder hast du die ganze Nacht aufgebleiben und spannende Überwachungsvideos geschaut?«, grinste er.

»Tatsächlich habe ich sehr gut geschlafen, besser als seit langer Zeit.«

»Das ist ja schade, dass du nichts auf den Bändern gesehen hast. Ich hatte gehofft, die Kameras hätten tatsächlich einen Geist erwischt.«

Ich blickte auf meinen Kaffee hinunter und drehte die Tasse in meinen Händen. »Ich habe doch eine Kleinigkeit gesehen.«

»Was? Was hast du gesehen?«, fragte er aufgeregt.

»Meine Mom, deine Tante, Magnolia und Lila.«

Seine Augen weiteten sich und er schüttelte langsam den Kopf. »Nicht dein Ernst«, hauchte er.

»Doch, mein voller Ernst. Sie kamen und gingen zu allen Nachtstunden. Es war seltsam. Leider waren die Kameras nicht in jeder Ecke dieses riesigen Gebäudes platziert. Sie sind direkt aus dem Blickfeld der Kameras gelaufen, und ich habe keine Ahnung, wohin sie gegangen sind oder was sie getan haben«, erklärte ich.

»Wow. Das ist seltsam. Ich bin sicher, es gibt einen Grund dafür. Hast du deine Mom danach gefragt?«

»Nein«, sagte ich etwas verlegen.

»Du musst mit deiner Mom reden.«

»Ich war draußen bei Magnolia. Ich wollte sehen, ob sie zugeben würde, dort gewesen zu sein, oder mir vielleicht einen

Hinweis geben würde, was sie dort gemacht haben, aber das tat sie nicht. Diese Frauen halten dicht.«

»Lila nicht. Frag sie«, erwiderte er.

»Das spielt jetzt keine Rolle mehr. Sheriff Smith hat die Bänder. Er kann sie fragen.«

Gabriels Kaffeetasse hielt Zentimeter vor seinem Mund inne. »Was?«

»Ich sagte, Harold hat die Bänder. Wenn er meint, sie seien es wert, die Frauen weiter zu befragen, wird er es tun.«

Gabriel stellte seine Kaffeetasse ab und sah mir in die Augen. »Woher wusste Harold von den Bändern?«

»Ich habe es ihm gesagt.«

Er nickte, als wollte er mich ermutigen, mehr zu sagen. Das tat ich nicht.

»Warum?«

Ich zuckte mit einer Schulter. »Weil sie Beweismittel waren.«

Er schloss die Augen, seine Schultern hoben und senkten sich mit einem tiefen Atemzug. »Wie hat er die Bänder bekommen?«

»Ich habe sie ihm gegeben«, sagte ich langsam, als wäre er derjenige, der Schwierigkeiten hatte, meine Worte zu verstehen.

»Warum hast du das getan?«, zischte er.

Ich lehnte mich in meinem Stuhl zurück und schuf etwas Abstand zwischen uns. Seine Haltung gefiel mir nicht. »Weil es das Richtige war.«

»Für wen?«

»Ähm, die Ermittlungen laufen noch. Es fühlte sich komisch an, sie Harold vorzuenthalten«, antwortete ich schließlich.

»Du könntest deiner Mutter, meiner Tante und den anderen gerade eine Menge Ärger eingebrockt haben.«

Ich legte den Kopf schief und musterte ihn genau. »Weißt du etwas, das du mir nicht sagst?«

»Nein, aber ich kenne sie alle und keine von ihnen würde je jemandem etwas zuleide tun!«, rief er aus.

Ich sah mich im Café um und hoffte, dass ihn niemand gehört hatte. »Sprich leiser. Ich weiß nicht, warum du sauer auf mich bist. Ich habe das getan, was ich von Anfang an hätte tun sollen.«

Er schüttelte den Kopf. »Ich bin überrascht. Ich dachte, du hättest die Bänder genommen, um deine Mutter zu schützen, und nicht, um ihr noch mehr Ärger zu machen.«

»Gabriel, ich habe mir alle Bänder bis auf ein paar angesehen. Ich habe nichts gesehen, was eine von ihnen belastet hätte. Ja, sie waren in der Fabrik, aber ich habe nicht gesehen, wie sie einen Mann umbringen. Warum waren sie dort? Ich habe meine Mutter gefragt, ob sie dort war, aber sie wollte mir keine klare Antwort geben.«

Ich sah zu, wie er langsam seinen Kaffee trank. Sein Kiefer war angespannt. Er war wütend. Ich hatte es geschafft, eine Beziehung in Rekordzeit zu zerstören. Normalerweise brauchte ich ein oder zwei Wochen, bevor ich einen Mann verjagte. Ich wurde besser darin.

»Ich sollte wahrscheinlich gehen«, murmelte er.

Ich kämpfte gegen die Enttäuschung an, die meine frühere gute Laune verdüsterte. »Okay. Gabriel, falls es dir etwas bedeutet, es tut mir leid, dass ich dich enttäuscht habe. Das war sicher nicht meine Absicht. Ich versuche nicht, meiner Mutter oder einer der anderen zu schaden. Ich musste tun, was ich für richtig hielt, und das war, die Bänder dem Sheriff zu geben. Ich könnte nicht mit mir leben, wenn ich wichtige Beweise zurückhalten würde. Der Mörder dieses Mannes muss seiner gerechten Strafe zugeführt werden, selbst wenn es meine Mutter oder jemand ist, der mir am Herzen liegt.«

Er ignorierte mich und stand auf, um zu gehen. »Ich verstehe«, sagte er mit leiser Stimme. »Ich verstehe es, aber ich bin mit deiner Entscheidung nicht einverstanden.«

Ich seufzte, bevor ich zu ihm aufsah und die Enttäuschung in seinen Augen sah. »Es tut mir leid«, flüsterte ich.

Er starrte mich mehrere lange Minuten an, bevor er mich allein am Tisch zurückließ. Ich kämpfte gegen den Drang an, ihm nachzulaufen. Es war ein Zeichen. Ich gehörte nicht nach

Lemon Bliss. Ich war in irgendeine alberne Fantasie hineinge-
stolpert, einen Mann zu finden, für den es sich lohnen würde,
mein ganzes Leben umzukrempeln und umzuziehen. Gabriel war
nicht dieser Mann.

Ich nippte an meinem Kaffee, noch nicht ganz bereit zu
gehen. Ich hatte keinen Ort, wohin ich gehen konnte, und
niemanden, den ich sehen konnte. Ich hatte mich noch nie so
völlig verloren gefühlt.

»Du siehst aus, als hättest du gerade deinen Welpen verloren«, sagte Daphne und ließ sich auf den Stuhl plumpsen, den
Gabriel gerade verlassen hatte. »Ich habe Gabriel draußen gesehen. Ist alles in Ordnung?«

Ich zuckte mit den Schultern. »Sicher. Ich habe dafür gesorgt,
dass Gabriel nicht mehr anrufen oder wieder mit mir Kaffee
trinken wollen wird.«

»Was ist passiert?«, fragte sie mit besorgter Stimme.

Ich schüttete ihr mein Herz aus und erzählte ihr von den
Bändern, die ich übergeben hatte, und wie sehr das Gabriel
aufgeregt hatte.

»Er wird darüber hinwegkommen. Du hast das Richtige
getan. Ich meine, ich hoffe, meine Mutter wird nicht ins
Gefängnis geschleppt, aber wenn sie etwas Falsches getan hat,
muss sie dafür zur Rechenschaft gezogen werden. Ich denke, das
wird er auch einsehen«, versicherte sie mir.

Ich winkte mit der Hand ab. »Ach, egal. Es wäre sowieso
nicht von Dauer gewesen.«

Sie fing an zu lachen. »Da liegst du falsch. Nach zu urteilen,
wie aufgebracht ihr beide über diese kleine Meinungsverschiedenheit seid, würde ich sagen, dass es definitiv von Dauer sein
wird. Das ist eine Beziehung mit Potenzial. Wirf sie nicht weg.«

»Ich weiß nicht, ob ich da das letzte Wort habe«, jammerte
ich.

»Oh, doch, das hast du. Er wird zur Arbeit gehen, etwas
Dampf ablassen, und ich wette, er wird bis zum Mittagessen zu
Kreuze kriechen«, zwinkerte sie.

Ich lachte. »Das bezweifle ich, aber es wäre schön, wenn wir uns wenigstens wieder vertragen könnten, bevor ich gehe.«

»Apropos, bleib hier. Bitte«, bettelte sie und faltete die Hände vor sich, während sie mich ansah. »Bleib. Wohn hier. Du kannst eine Bäckerei aufmachen und ich helfe dir. Ich bin super in der Buchhaltung, oder du kannst mir zeigen, wie man backt, oder was auch immer. Ich stehe zu deiner Verfügung. Das wird ein Spaß. Komm schon!«

»Daphne, ich kann kein Geschäft aufmachen, nur weil es ein Spaß sein wird. Das kostet Geld.«

»Du hast Geld. Ich weiß, dass das Erbe deiner Großmutter an dich übergegangen ist. Nutze es, um in deine Zukunft zu investieren.«

Ich schüttelte den Kopf. »Das kann ich nicht. Ich habe mir versprochen, dieses Geld nicht anzurühren, es sei denn, es ist ein absoluter Notfall. Außerdem ist das das Geld, mit dem ich meine erste Bäckerei eröffnet habe. Ich will es nicht noch einmal antasten. Das Geld soll an meine Kinder weitergegeben werden«, erklärte ich.

Sie verdrehte die Augen. »Ihr Broussard-Frauen seid wirklich sparsam. Kein Wunder, dass ihr alle reich seid.«

Ich lachte. »Man spart kein Geld, indem man es ausgibt. Außerdem weiß ich nicht, ob eine Bäckerei hier erfolgreich wäre. Ich möchte kein Geschäft eröffnen und es sofort scheitern sehen. Das würde mich seelisch fertigmachen.«

»Wird es nicht. Schau dir diesen Ort an. Wir brauchen dringend eine richtige Bäckerei. Das Crooked Coffee kann wieder ein Deli und ein Café werden. Seien wir ehrlich: Ihre Sandwiches sind fantastisch, aber die Backwaren dort sind nur Standard.«

Ich dachte ein paar Sekunden darüber nach. »Okay, ich werde nach Hause gehen, ein paar Zahlen durchgehen und die Gegend recherchieren. Ich sehe nur nicht, wie es hier einen Markt für eine Bäckerei oder einen Platz dafür geben kann«, sagte ich.

»Überlass das mir. Ich muss zur Arbeit. Ich rufe dich morgen an und sage dir, was ich herausfinde. Ich erwarte, dass dein

Bericht dann auch fertig ist«, sagte sie mit gespielt strenger Stimme.

Ich salutierte vor ihr. »Ja, Ma'am.«

»Ruf Gabriel an!«, rief sie, als sie zur Tür hinausging.

Jeder im Café drehte sich um und sah mich an. Ich spürte, wie ich rot wurde, als ich meinen Kaffee schnappte und ging. Die ganze Stadt musste nicht wissen, dass Gabriel und ich eine kleine Meinungsverschiedenheit hatten. Ich nahm den langen Weg nach Hause, fuhr einige Seitenstraßen entlang und sah mir die Stadt an. Die Vorstellung, eine Bäckerei zu eröffnen, war aufregend. Ich liebte den Nervenkitzel, etwas Neues auszuprobieren, aber ich war mir nicht sicher, ob ich den Mumm dazu hatte. Darüber musste ich auf jeden Fall nachdenken.

KAPITEL SECHZEHN

Mir tat nach der ganzen Recherche und dem Zahlenschubsen der Schädel weh. Schließlich kam ich zu dem Schluss, dass ich eine Bäckerei zum Laufen bringen könnte, wenn ich es wirklich wollte. Das würde lange Arbeitszeiten bedeuten und wäre ein großes Risiko, aber ich war überzeugt, dass es machbar war. Entscheidend wäre, täglich Bestellungen in die umliegenden Städte auszuliefern. Egal, wie ich rechnete, Lemon Bliss allein hatte nicht genug Einwohner, um eine Bäckerei am Laufen zu halten.

Ich packte meinen Laptop weg und schlenderte auf der Suche nach einem Snack in die Küche. Dort gab es eine gute Auswahl, was mich zum Lächeln brachte, als ich mich daran erinnerte, wie ich Gabriel im Supermarkt getroffen hatte. Es dauerte nicht lange, bis aus diesem Lächeln ein Stirnrunzeln wurde, als mir wieder einfiel, wie die Sache heute Morgen mit ihm geendet hatte. Überhaupt nicht gut.

Als ich die Türklingel hörte, spürte ich sofort Schmetterlinge im Bauch. Gabriel!

Ich rannte zur Tür, riss sie auf, bereit, mich zu entschuldigen, doch statt Gabriel stand meine Mutter dort.

»Mom! Mit dir habe ich nicht gerechnet.«

Sie warf mir einen etwas bösen Blick zu. »Wenn du wüsstest, wie du deine Kräfte besser einsetzen kannst, hättest du es gewusst«, fuhr sie mich an.

»Äh, okay. Was ist los?«

Sie schob sich an mir vorbei und ging ins Wohnzimmer. Meine Mutter war nicht oft gereizt, aber ich konnte es erkennen, wenn sie es war. In diesem Moment konnte ich praktisch sehen, wie Wellen der Wut von ihr ausgingen.

Ich schloss die Tür, ging auf sie zu und wartete darauf, dass sie mir erzählte, was passiert war. Als sie sich zu mir umdrehte, sah ich Wut, gemischt mit Verletztheit, in ihren Augen. Sie musste es mir nicht sagen. Ich wusste es bereits. Gabriel hatte ihr erzählt, was ich getan hatte.

»Violet, ich bin nicht böse auf dich, weil du das Richtige getan hast, aber wie konntest du nicht zuerst mit mir reden?«

»Ich weiß nicht, wie viel er dir erzählt hat, aber ich möchte es gerne erklären«, sagte ich und nahm in einem der antiken Ohrensessel Platz.

Sie setzte sich auf das Sofa. »Er hat mir nichts erzählt. Coral hat es getan.«

»Oh«, murmelte ich und erkannte, dass Gabriel direkt zu seiner Tante gerannt war. Das hatte ich nicht erwartet, aber ich schätze, das Familienband war weitaus stärker als die kleine Sache, die wir hatten.

»Du hättest zu mir kommen können«, sagte sie mit leiser Stimme.

»Mom, das habe ich versucht. Ich habe dich gefragt, ob du in der Fabrik warst. Als ich nicht nur dich, sondern euch alle auf diesen Bändern sah, wusste ich nicht, was ich denken sollte«, versuchte ich zu erklären.

Sie schüttelte sanft den Kopf. »Du hättest fragen können. Ich hätte es dir gesagt.«

»Wirklich? Denn jedes Mal, wenn ich ein paar Fragen dazu gestellt habe, bist du ganz vage geworden«, sagte ich, sprang auf und musste auf und ab gehen.

»Ja, aber das spielt jetzt keine Rolle mehr. Coral hat heute Abend eine Notfallsitzung des Zirkels einberufen. Wir wollen, dass du und Daphne dabei seid.«

Ich wirbelte herum, mein Mund stand offen. »Was?«

»Wir denken, es ist an der Zeit, dass du dem Zirkel beitrittst und anfängst zu lernen, wer wir sind und worum es bei uns geht. Wir haben zu lange zu viele Geheimnisse gehütet. Du vertraust uns nicht, und jetzt könnte dieses Misstrauen mehr gekostet haben, als wir zu zahlen bereit sind«, sagte sie mit angespannter Stimme.

»Mom, ich wollte dich oder deinen, deinen Zirkel nicht verletzen!«, platzte es aus mir heraus. »Es war das Richtige. Du hast mich zu einer ehrlichen, gesetzestreuen Person erzogen und das bin ich. Ich konnte die Schuld nicht ertragen. Ich musste die Bänder übergeben.«

»Ich verstehe. Bitte, wir brauchen dich um Mitternacht in der Fabrik. Schalte deine Scheinwerfer aus und fahre hinten herum. Die Tür wird unverschlossen sein«, wies sie mich an.

Ich zögerte sofort, mitten in der Nacht mit ihnen in die Fabrik zu gehen. Ich hatte zu viele Filme gesehen. Würden sie mich opfern, weil ich sie entlarvt hatte?

»Ach, hör auf!«, schalt sie mich, als sie mich ansah. »Hör auf, so zu tun, als wären wir ein Haufen Monster. Niemand wird dir etwas tun.«

»Woher wusstest du, was ich denke? Hast du meine Gedanken gelesen?«, fragte ich und trat einen Schritt von ihr zurück.

Sie verdrehte die Augen. »Mein Gott, du hast eine blühende Fantasie. Ich muss los. Wir sehen uns heute Abend«, sagte sie und ging zur Tür hinaus, ohne abzuwarten, ob ich ihre Einladung annehmen oder ablehnen würde.

Es war keine Einladung, wurde mir klar. Es war eine Aufforderung. Ich hatte das Gefühl, wenn ich nicht auftauchen würde, würden sie kommen und mich holen. Eine Million Gedanken schossen mir durch den Kopf. War ich in Gefahr? Sollte ich fliehen und nach Hause zurücklaufen? Wagte ich es, den Sheriff anzurufen und ihn wissen zu lassen, was vor sich ging?

Ich setzte mich wieder hin, als die Angst mich überkam. Ich musste mich unter Kontrolle bringen. Ich zog voreilige Schlüsse, ohne wirklich etwas zu wissen. Es ging hier um meine Mutter. Sie würde mich niemals verletzen. Hoffte ich.

Der Rest des Tages verging viel zu schnell. Ich war ein nervliches Wrack. Ich putzte jeden Raum im Haus, staubte und polierte meine Befürchtungen weg. Als es fast Mitternacht war, hatte ich mich in eine ernsthafte Raserei gesteigert. Ich war zu dem Schluss gekommen, dass es meine letzte Nacht auf Erden sein würde. Die Hexen mussten sich schützen und das bedeutete, lose Enden zu beseitigen. Ich wusste, dass ich mich nicht verstecken konnte. Ich musste mich ihnen stellen und bereit sein, zu akzeptieren, wie auch immer sie über mein Schicksal entscheiden würden.

Ich fuhr allein zur Fabrik. Als ich hinter das Gebäude fuhr, sah ich zwei andere Autos. Entweder hatten sie eine Fahrgemeinschaft gebildet oder es waren noch nicht alle da. Ich atmete mehrmals tief durch, bevor ich mit zitternden Beinen aus meinem Wagen stieg. Ich schaffte es, zur Tür zu gehen und sie aufzuziehen.

Ich schrie auf, als Daphne vor mir auftauchte. Mein erschrockener Schrei ließ sie ebenfalls aufschreien. »Was ist los?«, rief sie.

»Du hast mich erschreckt!«

Sie fing an, unkontrolliert zu kichern. »Du hast mich erschreckt!«

»Was machst du denn hier im Dunkeln?«, zischte ich.

»Ich warte auf dich. Alle anderen warten dort drüben«, sagte sie und deutete mit der Hand.

Ich spähte durch die Dunkelheit, konnte aber nichts erkennen. Mein Herz raste so schnell, dass ich dachte, ich würde ohnmächtig werden. Daphne verhielt sich normal, aber das könnte auch eine List sein, um mich in Sicherheit zu wiegen.

Sie packte meine Hand und bewegte sich in Richtung des hinteren Teils der Fabrik. Das war derselbe Weg, den meine Mutter genommen hatte, als ich sie auf den Videos gesehen hatte.

»Guten Abend, Violet«, hörte ich Coral sagen.

Mein Magen verkrampfte sich. Sie klang so ruhig, ja sogar normal.

»Sind alle da?«, fragte Lila.

»Ja, los geht's«, wies meine Mutter uns an.

Ich umklammerte Daphnes Hand, zu Tode erschrocken vor dem, was kommen würde.

»Was ist los mit dir?«, flüsterte sie.

»Ha, als ob du das nicht wüsstest«, schoss ich zurück.

»Ich weiß nicht, was ...«, sie hörte auf zu reden.

»Was? Was ist los?«, fragte ich und flippte ein wenig aus, weil ich nichts deutlich sehen konnte.

»Wir gehen nach unten. Halt dich an mir fest.«

Ich folgte Daphne die Treppe hinunter. Es war viel kühler und roch leicht modrig. Der Raum wurde plötzlich von Licht durchflutet und ich musste mehrmals blinzeln, damit sich meine Augen gewöhnen konnten.

»Wow«, sagten Daphne und ich gleichzeitig.

Wir waren in einem großen Keller, der mit einer scheinbar kompletten Küche, mehreren Sofas und Sesseln sowie einem Esstisch mit weiteren Stühlen gefüllt war.

»Was ist das hier?«, fragte ich laut.

»Das ist unser Treffpunkt«, sagte Magnolia. »Macht es euch gemütlich.«

Daphne und ich sahen uns an, beide sichtlich verblüfft.

»Euer Treffpunkt?«, fragte ich.

»Ja. Unser Hexenzirkel trifft sich hier. Schon immer«, sagte Coral mit einem Lächeln. »Deshalb hast du uns auf diesen Bändern gesehen.«

Ich wandte den Blick ab und die Schamröte stieg mir ins Gesicht. Es war ja nicht so, als hätte meine Mutter mir das nicht gesagt. Und doch hatte ich meine Fantasie mit mir durchgehen lassen, warum sie nachts in der Fabrik gewesen sein könnten.

»Fangen wir an, alle zusammen. Daphne, Violet, willkommen in unserem schmucken Clubhaus!«, sagte meine Mutter, ging zum Sitzbereich und ließ sich in einen der Sessel fallen.

Daphne und ich setzten uns nebeneinander auf eines der Sofas.

»Okay, ich weiß, ihr zwei habt eine Menge Fragen. Wir können heute Abend nicht alles beantworten, aber wir können erklären, was passiert ist. Hoffentlich wird dich das uns gegenüber beruhigen, Violet«, sagte meine Mutter und sah mich direkt an.

Ich nickte, immer noch angespannt, aber bereit, mir anzuhören, was sie zu sagen hatten.

»Lila, warum erzählst du den Mädels nicht, was passiert ist?«, fragte Magnolia und nahm in einem der lila Plüschsessel Platz.

Lila wirkte nervös, aber sie stellte sich in die Mitte des Raumes und begann zu erzählen.

»Es war ein Unfall«, begann sie. »Dales Tod war ein Unfall«, wiederholte sie.

Mir klappte der Mund auf, da ich erwartete, dass sie uns erzählen würde, sie hätte den Mann aus Versehen getötet. Ich konnte nicht glauben, dass die süße Lila jemanden verletzen könnte. Ich fühlte mich sofort schuldig, weil ich die Bänder übergeben hatte. Lila gehörte nicht ins Gefängnis!

»Was ist passiert?«, fragte ich, begierig darauf, die Geschichte zu erfahren, aber gleichzeitig auch verängstigt.

Sie holte tief Luft. »Ich hatte mich in einem der Büros im Obergeschoss versteckt und ein Auge auf diese Männer geworfen. Wir wollten nicht, dass sie unseren geheimen Raum finden und hatten uns mit dem Beobachten abgewechselt. Eines Nachts saß ich in dem dunklen Raum, als ich den Mann, Dale, vorbeigehen sah. Als er an mir vorbei war, stellte ich mich in den Türrahmen und sah ihm zu, wie er herumschlich. Und dann ist es passiert!« Sie vergrub ihr Gesicht in den Händen und hörte auf zu reden.

»Was?«, fragten Daphne und ich gleichzeitig.

Coral erhob sich von ihrem Platz und legte Lila eine Hand auf die Schulter. »Schon gut, Süße. Erzähl ihnen den Rest.«

Lila wischte sich die Augen und holte tief Luft, bevor sie uns den Rest erzählte. »Er öffnete die Tür zu einem Wäscheabwurfschacht. Der war aus gutem Grund verschlossen worden. Er war ein Sicherheitsrisiko. Ich sah, wie er hineingriff, als ob er nach etwas suchte, und wusste, dass ich ihn warnen musste. Ich trat aus dem Büro, gerade rechtzeitig, um zu sehen, wie er sich zu weit vorbeugte und den Wäscheschacht hinunterfiel.«

Ich keuchte und schlug die Hand vor den Mund, als mir alles klar wurde.

»Ich schrie und rannte zum Schacht und rief nach ihm«, fuhr sie mit Trauer in der Stimme fort. »Ich hörte nichts und befürchtete das Schlimmste. Ich rannte hinunter in den ersten Stock, wo der Schacht mündete. Ich riss die Tür auf und da war er«, murmelte sie. »Er war bereits tot. Ich zog ihn heraus, in der Hoffnung, ich könnte noch etwas tun, aber es war zu spät.«

»Oh, Lila«, flüsterte ich.

Sie schenkte mir ein wässriges Lächeln. »Es war schrecklich. Ich nehme an, er hat sich das Genick gebrochen und war sofort tot.«

»Warum haben Sie dem Sheriff nicht erzählt, was passiert ist?«, fragte ich sie. »Warum diese ganze Heimlichtuerei?«

Lila blickte ihre Freundinnen an und zuckte mit den Schultern. »Ich weiß es nicht.«

»Wo war sein Partner?«, fragte Daphne.

»Er war in dieser Nacht nicht da. Es war nur Dale. Wir haben dem Mann nicht getraut. Er war sehr zwielichtig«, sagte Lila und fasste sich wieder. »Irgendetwas an ihm kam uns seltsam vor. Das haben wir alle gespürt, weshalb wir beschlossen haben, die Dinge hier im Auge zu behalten.«

»Wenn sein Genick gebrochen war und seine Leiche außerhalb des Wäscheabwurfschachts gefunden wurde, warum sollte Harold es dann nicht als Unfall deklarieren?«, fragte ich. »Warum das ganze Theater?«

»Wir wissen es nicht«, antwortete Magnolia.

Ich sah jede von ihnen an und konnte erkennen, wie gestresst sie alle waren. Ich verstand, warum sie nicht sofort zur Polizei gegangen waren, aber nun schien es an der Zeit zu sein.

»Glaubt ihr nicht, es ist riskanter, Harold weiter ermitteln zu lassen, als ihm einfach zu sagen, dass ihr den Unfall beobachtet habt?«

»Darüber haben wir nachgedacht, aber wie erklären wir Lilas Anwesenheit in dieser Nacht?«, fragte meine Mutter.

Ich wusste es nicht, aber die Wahrheit würde sie befreien. Weiter zu lügen und ihr Geheimnis zu hüten, würde sie nur noch tiefer in die Ermittlungen verstricken. Ich musste sie zur Vernunft bringen.

KAPITEL SIEBZEHN

Als ich nach Hause kam, war es fast vier Uhr morgens, meine übliche Zeit zum Aufstehen. Obwohl ich fast vierundzwanzig Stunden auf den Beinen war, war ich nicht wirklich müde. Ich war zu aufgekratzt von dem, was ich erfahren hatte. Meine Mutter war unschuldig. Ihre Freundinnen waren unschuldig. Ich musste mich nicht schuldig fühlen oder mir Sorgen machen, dass der Sheriff sie ins Gefängnis schleppen würde.

Ich überlegte, noch ein bisschen wach zu bleiben, wusste aber, dass ich es später bereuen würde. Ich konnte jetzt ins Bett gehen und ein paar Stunden schlafen. Ich würde heute nicht nach Hause fahren, aber es gab keinen Grund, warum ich nicht morgen aufbrechen sollte. Nichts hielt mich in Lemon Bliss. Nicht mehr. Meiner Mutter würde es gut gehen und ich musste mir keine Gedanken darüber machen, ob Gabriel bereit war, eine Fernbeziehung zu führen. Dieses kleine Detail hatte sich von selbst erledigt. Es gab keine Beziehung. Überhaupt nicht überraschend.

Ich war sofort weg, als ich unter die Decke kroch. Als das Adrenalin nachließ, schlief ich auf der Stelle ein.

Als ich aufwachte, war es nach neun. Es war lange her, dass ich so spät noch im Bett gelegen hatte. Obwohl ich nicht viel geschlafen hatte, fühlte ich mich erfrischt. Die Wahrheit hatte mich wirklich befreit. Ich hoffte, sie hatte auch ihnen allen geholfen, sich besser zu fühlen.

Ich ging nach unten und setzte Kaffee auf, bevor ich mein Handy auf Nachrichten überprüfte. Nichts. Ich konnte nicht leugnen, dass es ein wenig wehtat. Ich hatte gehofft, etwas von Gabriel zu finden, aber da war nichts. Während ich mein Handy hielt, fing es an zu klingeln. Das Gesicht meiner Mutter erschien auf dem Bildschirm.

»Hallo, Mama.«

»Violet, tut mir leid, habe ich dich geweckt?«

»Nein, ich war schon wach. Was gibt's?«

»Ich würde gerne vorbeikommen. Hast du in etwa dreißig Minuten Zeit?«

»Ja, das passt. Bis dann.«

Ich legte auf und raste zurück nach oben, um schnell zu duschen. Als ich abgetrocknet und angezogen war, hörte ich meine Mutter schon unten.

»Violet! Bist du da?«

»Bin gleich unten«, rief ich und schlüpfte in ein Paar Sandalen.

Sie ging im Zimmer umher und strich mit der Hand über die Nippesfiguren, die meine Großmutter hinterlassen hatte.

»Oh, da bist du ja. Du siehst wunderschön aus, Liebes.«

Ich fuhr mir mit einer Hand durch mein nasses Haar. »Danke. Was führt dich her?«

»Nun, da wir reinen Tisch gemacht haben, wollte ich mit dir mehr darüber reden, wer du bist«, sagte sie mit einem ehrlichen Lächeln.

Ich zuckte mit einer Schulter. »Okay, ich bin bereit zuzuhören.«

»Setz dich«, sagte sie und nahm auf der Couch Platz.

Ich setzte mich und starrte sie an. Ich hatte eine Million Fragen, aber es schien, als könnte ich nicht eine einzige formulieren.

»Frag mich alles.«

»Ich weiß nicht wirklich, was ich fragen soll. Ich meine, ich schätze, was genau sind meine Kräfte?«

Als ich meine Frage hörte, konnte ich nicht anders, als innerlich die Augen zu verdrehen. Das war verrückt, aber hier saß ich und dachte, ich sei eine Hexe. Alles, weil meine schrullige Mutter es mir erzählt hatte.

»Nun, ich denke, wir haben bereits festgestellt, dass du die Gabe der Vorahnung hast. Du hast die Magie in dir, was bedeutet, dass du Zaubersprüche wirken kannst«, erklärte sie.

»Woher weiß ich, was ein Zauberspruch ist? Ich meine, wenn ich ›Abrakadabra‹ sage, was passiert dann?«

Sie kicherte und schüttelte den Kopf. »Nicht ganz. Zauber werden normalerweise weitergegeben oder mit einem bestimmten Zweck im Sinn geschrieben. Lila ist wirklich gut darin, Zauber zu schreiben. Wenn wir etwas brauchen, verlassen wir uns normalerweise auf sie.«

»Warum sollte man einen Zauber schreiben müssen?«

»Oh, aus einer Reihe von verschiedenen Gründen. Das alles zu erklären, ist schwierig. Es ist mehr etwas, das man lernt, indem man es sieht und tut, nicht indem man es erzählt.«

Ich nickte, obwohl ich es immer noch nicht wirklich verstand. »Was sind deine Kräfte?«

»Ich bin deiner Großmutter sehr ähnlich. Ich habe ein Händchen dafür, Dinge zu bezaubern.«

»Was meinst du mit ›wie Oma‹?«, fragte ich, plötzlich sehr neugierig. Ich erinnerte mich, dass meine Großmutter eine Meisterbäckerin war. War das das Ergebnis von Hexerei?

Sie lächelte und blickte wehmütig. »Die Blumen draußen. Das war sie. Sie hat sie bezaubert. Sie liebte Blumen und hasste es, wenn sie welkten. Das machte sie immer so traurig, also nutzte sie ihre Magie, um sie üppig wachsen zu lassen. Deshalb waren ihre Zitronenbäume auch so ertragreich. Sie musste sich nie Sorgen machen, wie viel Regen wir bekamen oder wie das Wetter war.«

»Wow. Ich habe mich schon gewundert, warum sie so leuchtend und schön sind.«

»Du wirst diese Fähigkeit wohl auch haben. Die Familie war schon immer versiert darin, Dinge zu bezaubern, einschließlich Menschen, weshalb du vorsichtig sein musst. Ich hätte es dir schon früher sagen sollen, aber ich wollte dich nicht total verschrecken.«

Ein plötzlicher Gedanke kam mir. »Was ist mit Gabriel? Habe ich ihn bezaubert?«

»Nein, du würdest wissen, wenn du einen Mann bezaubert hättest, sich in dich zu verlieben. Vertrau mir«, sagte sie mit offensichtlicher Erfahrung.

»Erzähl!«, kicherte ich, weil ich hören wollte, wie sie einen Mann bezaubert hatte.

Sie verdrehte die Augen und schüttelte den Kopf. »Es war schrecklich. Zum Glück hatte ich meine eigene Mutter, die mir sagte, was passiert war und wie ich es wieder gutmachen konnte. Wenn du einen Mann bezaubert hast, sich in dich zu verlieben, dann geht es um alles. Der Mann wird nicht ohne dich leben können. Das ist nicht schön.«

»Ich habe das Gefühl, dass ich bei der Sache total hinterherhinke. Muss ich das alles lernen? Ich meine, ich habe nicht vor, Hexerei zu praktizieren oder Zaubersprüche zu wirken oder so etwas. So lange ging es auch ohne, ich glaube nicht, dass ich es jetzt lernen muss«, sagte ich.

Sie rang die Hände und ich merkte, dass sie etwas beunruhigte. »Violet, so einfach ist das nicht. Hexen neigen dazu, in deinem Alter ihre vollen Kräfte zu entfalten. Es ist gefährlich für dich, deine Gabe nicht zu kennen. Ich möchte dich gerne unterrichten und dir helfen, dich durch diesen Prozess zu führen.«

Der Gedanke, dass ich tatsächlich eine Gefahr für die Gesellschaft sein könnte, war mir noch nie gekommen. »Wirklich? Willst du damit sagen, ich könnte mit der Hand wedeln und etwas in die Luft jagen?«

»Vielleicht nicht gleich explodieren, aber du wirst wahrscheinlich Dinge bewegen können, ohne sie körperlich zu berühren. Das gehört zum Hexensein dazu. Wir müssen sehr vorsichtig mit unseren Kräften sein. Manchmal kann der Gedanke an etwas, das du haben willst, es erscheinen lassen. Es gibt einen Trick, diese Gabe abzuschalten. Bitte sag, dass du in Lemon Bliss bleibst und mich dir zeigen lässt, wie du deine Gaben einsetzt«, sagte sie, streckte die Hand aus und nahm meine.

»Oh, Mom, da bin ich mir nicht so sicher. Haben alle Hexen die gleichen Gaben oder Kräfte?«, fragte ich.

»Manchmal, aber für gewöhnlich ist jede Hexe ein bisschen anders«, erklärte sie.

Ich nickte, obwohl ich immer noch nicht alles richtig verstand. »Was zum Beispiel? Welche anderen magischen Kräfte könnte ich haben?«

Sie breitete die Arme aus. »Oh mein Gott, die Möglichkeiten sind endlos. Die meisten Hexen können Menschen mit ihren Kräften heilen, aber manche verlassen sich auf Zaubersprüche. Die Toten zu beschwören oder mit ihnen zu sprechen, ist auch ziemlich verbreitet. Meine Mutter sprach mit Tieren. Eine Hexe zu sein bedeutet, dass du deine Sinne besser wahrnimmst. Du bist ein Teil der Erde. Wir beziehen unsere Stärke aus der Erde und den anderen Elementen. Oh, Violet, es gibt so viele Informationen. Ich kann dir unmöglich alles auf einmal erzählen«, sagte sie entnervt.

»Schon gut. Gibt es ein Buch oder so etwas, das ich lesen kann?«, fragte ich und fühlte mich mehr als nur ein bisschen überfordert.

»Nein!«, platzte es aus ihr heraus. »Lies keine Bücher. Die werden dir nur den Kopf mit Unsinn vollstopfen.«

»Mom, es muss doch eine Möglichkeit für mich geben, selbst nachzuforschen.«

Sie tätschelte meine Hand und stand auf. »Ich weiß, es ist eine Menge, aber weil es so ein gefährliches Geheimnis ist, können wir es nicht einfach in Bücher schreiben. Das Risiko, dass unsere Geheimnisse aufgedeckt werden, weil jemand versehentlich ein Buch am falschen Ort liegen lässt, ist zu groß.«

Ich fuhr mir durch mein nasses Haar. »Mom, hast du nicht ein Buch der Sprüche oder so was Ähnliches?«

Sie zuckte mit einer Schulter, was mir alles sagte, was ich wissen musste.

»Kann ich es lesen?«

Sie begann zu lachen. »Ich glaube nicht, dass du wüsstest, was du da liest. Das Buch ist alt, sehr alt. Es ist mehr als ein paar Jahrhunderte alt. Es ist eher ein Leitfaden als eine Anleitung. Es ist gut und sicher verstaut. Wenn du bereit bist, zeige ich es dir.«

»Es ist in der Fabrik, nicht wahr?«

Sie grinste und zwinkerte, aber antwortete nicht.

»Deshalb habt ihr euch so ins Zeug gelegt, um Dale und George von eurem Geheimnis fernzuhalten.«

Noch ein Schulterzucken.

»Wow, ich komme mir vor, als wäre ich gerade im Analysis-Kurs gelandet. Ich habe keine Ahnung, wo ich überhaupt anfangen soll«, murmelte ich.

»Ich verstehe das. Wirklich. Ich fühle mich schrecklich, weil ich dir all das über die Jahre nicht beigebracht habe, aber ich hatte Angst. Wir alle hatten Angst. Ich hätte dich so gerne wieder zu Hause. Lass mich die verlorene Zeit wiedergutmachen. Daphne wird wieder hier wohnen. Magnolia wird ihr alles beibringen. Wir möchten, dass du dich dem Zirkel anschließt, ein Teil unserer Familie wirst.«

»Kann ich darüber nachdenken?«, fragte ich leise.

»Natürlich. Nimm dir etwas Zeit, ich werde da sein.«

»Danke, Mom. Ich verspreche, ich werde darüber nachdenken. Es gibt nur eine Menge zu bedenken, und ich schaffe es einfach nicht, alles zu begreifen.«

Sie hielt an der Tür inne und sah mich an. »Was ist zwischen dir und Gabriel passiert? Coral wollte mir nicht die ganze Geschichte erzählen, aber ich habe mitbekommen, dass ihr irgendeine Meinungsverschiedenheit hattet.«

Ich seufzte, überlegte, wie viel ich ihr erzählen sollte, und dann sprudelte es einfach aus mir heraus. Als ich ihr fertig erzählt hatte, warum Gabriel und ich uns gestritten hatten, lächelte sie.

»Was?«, fragte ich und wunderte mich, warum sie so erfreut aussah.

»Ihr beide seid perfekt füreinander. Du brauchst einen Partner, der deine andere Hälfte sein kann. So eine Art gegenseitige Kontrolle, die euch im Gleichgewicht hält. Sei nicht zu hart zu ihm. Er hat nur auf uns aufgepasst.«

Das nahm ich ihr ein wenig übel. »Ich habe nicht versucht, euch in Schwierigkeiten zu bringen. Ich habe auch versucht, auf euch alle aufzupassen.«

»Er weiß über Hexen Bescheid und hat keine Angst vor ihnen. Das ist nicht leicht zu finden, glaub mir. Verdammt, glaub uns allen«, murmelte sie. »Ein Mann wie Gabriel läuft einem nicht oft über den Weg. Kann ich dir ein Geheimnis verraten?«

»Was denn?«, murmelte ich.

»Du bist nicht die Einzige mit Vorahnungen und der Fähigkeit, die Zukunft vorherzusagen.«

Ich lachte. »Was versuchst du damit zu sagen?«

»Ich sage, der Mann ist ein bisschen Vergebung und Kompromissbereitschaft wert«, sagte sie, während sich dieses warme Lächeln auf ihrem Gesicht ausbreitete.

»Ich weiß nicht. Vielleicht versuche ich, ihn später anzurufen«, sagte ich zu ihr.

»Gut, das solltest du. Machs gut, Liebes.«

»Tschüss, Mom.«

Ich folgte ihr auf die Veranda hinaus. Alles sah anders aus, als ob ich die Welt aus einer völlig neuen Perspektive sehen würde. Die Sonne fühlte sich wärmer an, die Luft frischer, und ich konnte die Blätter einer der Eichen im Garten im Wind rascheln hören. Irgendwie fühlte ich mich anders.

Ich wollte die Blumen, an deren Entstehung meine Großmutter beteiligt war, wirklich sehen und blieb dort stehen, um die riesigen Blüten und leuchtenden Farben zu betrachten. Sie waren unglaublich. Es fühlte sich an, als würde ich sie sehen. Ich fragte mich, ob ihr Geist wirklich im Haus war, bei mir, um mich herum. Das war eine Kraft, die ich gerne anzapfen wollte. Ich vermisste meine Oma so sehr. Ich wollte mit ihr sprechen. Ich wusste nicht, wie all das funktionierte, aber ich hoffte, es wäre so ähnlich wie ein Telefongespräch.

Ich grinste bei der Erkenntnis, dass die Blüten nicht das Werk eines Gärtners waren. Das war Magie, und diese Art von Magie gefiel mir. Ich begann darüber nachzudenken, wie ich Magie in meinem eigenen Leben nutzen könnte, verwarf den Gedanken aber schnell wieder. Ich konnte sie nicht benutzen, um mein Leben zu verbessern. Mein Leben war schon ziemlich gut, und ich wollte keine schrecklichen Konsequenzen riskieren, die sich aus dem Einsatz von Magie zum persönlichen Vorteil ergeben könnten.

Ein Blick auf meine Uhr verriet mir, dass in der Bäckerei gerade Stoßzeit sein würde. Ich wollte nicht anrufen und Tara stressen. Ich würde warten. Ich würde am Montag nach Hause fahren. Mein Entschluss stand fest. Ob ich in Lemon Bliss bleiben würde, stand noch nicht fest.

KAPITEL ACHTZEHN

Am nächsten Tag dachte ich über meine Möglichkeiten nach. Je mehr ich darüber nachdachte, hier eine Bäckerei zu eröffnen, desto mehr neigte ich dazu, es einfach zu wagen. Ich liebte Herausforderungen, und diese hier würde eine sein, die Spaß macht. Außerdem wuchs meine Neugier auf meine Hexentalente in Riesenschritten. Immer wieder musste ich mich gedanklich schütteln und mich fragen, ob ich meinen verdammten Verstand verloren hatte.

Unterdessen blieb ich stur und rief Gabriel nicht an. Das wusste ich, aber er war es schließlich auch. Warum hatte er mich nicht angerufen? Meine Mom hatte mich davon überzeugt, dass es sich lohnte, um Gabriel zu kämpfen, aber wenn er mit mir fertig war, würde ich nicht zu Kreuze kriechen. Ein bisschen Stolz hatte ich ja schließlich auch.

Mein Handy klingelte. Als ich auf das Display schaute, war ich enttäuscht, dass er es nicht war. Stattdessen war es meine Mom. »Hi, Mom, was gibt's?«, fragte ich, schaute auf die Uhr und stellte fest, dass sie noch gar nicht so lange weg war.

»Lila spricht gerade mit dem Sheriff«, platzte sie heraus. Ich konnte die Sorge in ihrer Stimme hören, was mich ebenfalls ziemlich beunruhigte. Nichts brachte meine Mom aus der Ruhe. Das musste also ernst sein.

»Wirklich?«, fragte ich überrascht.

»Ja, nach unserem Treffen gestern Abend dachten wir, es wäre das Beste, wenn sie Harold erklärt, was sie gesehen hat. Hoffentlich beendet das die Ermittlungen und er lässt uns alle in Ruhe. Es sollte auch bedeuten, dass er nicht mehr verlangen wird, dass du hierbleibst. Ich möchte, dass du frei bist, deine eigenen Entscheidungen zu treffen. So sehr ich dich auch gerne hier hätte, ich möchte nicht, dass du dich unter Druck gesetzt fühlst.«

»Oh«, sagte ich und war plötzlich ein wenig enttäuscht, einen Freifahrtschein zu bekommen, Lemon Bliss zu verlassen. Es war schön, eine Ausrede zu haben, auch wenn ich mich gerne ein bisschen darüber beschwert hatte.

»Heißt das, du fährst sofort weg?«, fragte sie zögerlich.

»Ich fahre am Montagmorgen zurück. Ich sage dir Bescheid, falls ich mich entscheide, wiederzukommen«, versprach ich ihr. »Ich muss mit Tara reden und hören, was sie zu all dem sagt. Meine Entscheidung wird auch ihr Leben beeinflussen.«

»Ich komme morgen vorbei«, sagte sie und legte auf. »Bitte fahr nicht, ohne dich zu verabschieden, ja?«

Ich konnte die Anspannung in ihrer Stimme hören und wusste, dass sie und ihre Freundinnen sich große Sorgen machen mussten. Lila könnte in großen Schwierigkeiten stecken. Ich hoffte, Harold würde nachsichtig mit ihr sein, aber er musste sich schließlich auch vor jemandem verantworten. Womöglich musste er sie eines Verbrechens anklagen, um seine eigene Haut zu retten.

»Was für ein Schlamassel«, stöhnte ich.

Ich setzte mich wieder hin und begann, einen Geschäftsplan zu entwerfen. Mir war klar, dass ich einen brauchen würde, sollte ich mich für einen Kredit für eine neue Bäckerei entscheiden. Außerdem würde er mir eine bessere Vorstellung von den Zahlen und der Erfolgswahrscheinlichkeit geben. Im Hinterkopf konnte ich eine leise Stimme nicht zum Schweigen bringen, die mir immer wieder sagte, dass dies das Richtige sei. Lemon Bliss fühlte sich nicht mehr wie die Vergangenheit an, die ich hinter mir gelassen hatte, sondern wie Schicksal. Was ein bisschen verrückt war. All die Tage in der Küche mit Oma hatten mich auf meine Zukunft als Bäckerin in ihrer kleinen Stadt vorbereitet.

Als ich mit dem Plan fertig war, fühlte ich mich zuversichtlicher und war überzeugter davon, die richtige Entscheidung zu treffen. Mein Magen war ein einziges Nervenknäuel, als ich über die große Veränderung nachdachte. Ich könnte meine jetzige Bäckerei behalten und Tara sie leiten lassen. Natürlich müsste ich zusätzliches Personal einstellen, um meine Abwesenheit auszugleichen, und ihr eine fette Gehaltserhöhung geben. Ich musste mit Tara reden. Aber zuerst musste ich meine Nerven und meine Entschlossenheit mit etwas Essbarem stärken. Ein Eiskaffee-Mokka klang genau nach dem, was ich brauchte.

Ich schlüpfte in meine Schuhe, schnappte mir meine Handtasche und machte mich bereit, für einen Energieschub zum Crooked Coffee hinunterzugehen.

Als ich die Tür aufriss, um zu gehen, erlebte ich eine ziemliche Überraschung. Ich japste und sprang zurück.

»Harold, ich meine, Sheriff Smith«, brachte ich hervor und wurde plötzlich sehr nervös.

»Guten Tag, Violet. Können wir reden?«

Ich sah mich im Wohnzimmer um und entdeckte nichts Belastendes. »Sicher, kommen Sie bitte herein.«

»Waren Sie auf dem Weg nach draußen?«, fragte er und blickte auf die Handtasche in meiner Hand.

»Ja, aber nur, um einen Kaffee zu holen. Das kann warten.«

»Gut.«

Er setzte sich auf die Couch und wartete, bis ich ebenfalls Platz genommen hatte.

»Worum ging es Ihnen?«, fragte ich unsicher, warum er mit

mir reden musste. Wenn Lila ihn aufgeklärt hatte, sollte der Fall doch abgeschlossen sein. Zumindest meiner Meinung nach.

»Ich nehme an, Sie wissen wahrscheinlich, dass Lila bei mir war, um mit mir zu reden«, begann er.

Ich nickte. »Ja, meine Mutter hat es mir erzählt.«

»Glauben Sie ihre Geschichte?«, fragte er und sah mir direkt in die Augen.

Ich schluckte den Kloß in meinem Hals hinunter, bevor ich meine Gesichtszüge zur Ruhe zwang. Ich wollte nicht den Eindruck erwecken, nervös zu sein, aber ich scheiterte kläglich. »Ich denke schon, ja. Ich bin mir nicht sicher, ob ich alle Einzelheiten kenne. Ich dachte nicht, dass es mich etwas angeht.«

Er starrte mich auf eine Weise an, die mir das Gefühl gab, er würde mein Gehirn Schicht für Schicht abtragen und meine Gedanken lesen.

»Nun, ich bin nicht überzeugt«, sagte er, woran ich mich beinahe verschluckte.

»Äh, warum nicht, wenn ich fragen darf? Soweit ich weiß, hat sie den Unfall des Mannes miterlebt und versucht, ihm zu helfen. Der Unfall kostete ihn das Leben, und es war zu spät, um zu helfen. Ist es nicht das, was sie Ihnen erzählt hat?«

»Doch, aber irgendetwas passt nicht zusammen.«

Ich zuckte mit den Schultern. »Ich bin mir nicht sicher, ob ich Ihnen helfen kann. Ich war nicht dabei. Aber ich glaube ihre Geschichte.«

»Das glaube ich Ihnen gern, aber sagen Sie mir eines: Warum hat sie es mir nicht einfach gesagt? Warum hat sie keine Hilfe gerufen? Lila hat einen Mann tot in dieser Fabrik zurückgelassen und ist nach Hause ins Bett gegangen, als wäre nichts geschehen. Finden Sie das nicht merkwürdig?«, bohrte er nach.

Jetzt machte er mich sehr nervös. Das war ein anderer Harold. Der Harold, mit dem ich aufgewachsen war, war lockerer und toleranter. Er hatte Lila und die anderen Damen immer gemocht. Jetzt hatte ich den Eindruck, dass er sie nicht mehr ganz so gernhatte wie früher. Das könnte für den Zirkel sehr schlecht sein. Für mich ebenfalls, sollte ich mich entscheiden, wieder nach Lemon Bliss zu ziehen.

»Vielleicht stand sie unter Schock?«, warf ich ein. »Ich bin mir sicher, sie war entsetzt über das, was sie miterlebt hat. Menschen tun seltsame Dinge, wenn sie unter Schock stehen.«

»Möglicherweise. Hat sie Ihnen nicht gesagt, warum sie mitten in der Nacht dort war?«

Ich lächelte. »Wer weiß schon, warum Lila die Hälfte der Dinge tut, die sie tut? Ich ganz sicher nicht. Das ist einfach Lila«, sagte ich mit einem gequälten Lächeln.

Er lächelte nicht zurück. »Lila wird sich eines Tages noch richtigen Ärger einhandeln. Sie sagte, sie sei neugierig gewesen, was die Ermittler taten, und wollte selbst sehen, ob es in dem Gebäude irgendwelche Geister gab.«

Ich klammerte mich mit beiden Händen an diese Erklärung. »Das klingt nach Lila. Ich bin sicher, es war alles sehr aufregend, echte übernatürliche Ermittler direkt hier in Lemon Bliss zu haben.«

Harold wischte sich die Hände an der Hose ab, bevor er sich im Wohnzimmer umsah. »Hier sieht es noch genauso aus, wie Ihre Großmutter es hinterlassen hat.«

Ich lächelte und sah mich um. »Ja, das stimmt.«

»Ziehen Sie wieder hierher?«, fragte er.

Ich war mir nicht sicher, ob ich wollte, dass er meine Pläne kannte. Ich wollte ganz sicher nicht auf seinem Radar sein. Wenn ich anfangen würde, Hexerei zu lernen, würde ich wahrscheinlich eine Menge Fehler machen. Ich wollte nicht riskieren, uns alle zu enttarnen, indem ich etwas tat, während er mich genau im Auge behielt.

»Ich habe mich noch nicht entschieden«, antwortete ich wahrheitsgemäß. »Ich spiele mit dem Gedanken.«

Er beäugte mich genauer, als mir lieb war. »Nun, in der Zwischenzeit müssen Sie als Eigentümerin des Grundstücks diese Fabrik sichern. Ich will nicht noch einmal so ein Unglück.

Es besteht immer noch die Möglichkeit, dass Sie für den Tod des Mannes haftbar gemacht werden könnten.«

Mir klappte der Mund auf. »Wie bitte? Er hat Hausfriedensbruch begangen. Die ganze Stadt wusste es, aber niemand hat sie aufgehalten, Sie eingeschlossen, Sheriff Smith.«

Das schien ihm etwas den Wind aus den Segeln zu nehmen. »Darum geht es nicht. Der Ort braucht bessere Schlösser, und ich würde vorschlagen, den Wäscheabwurfschacht zu vernageln, nur für den Fall, dass noch jemand auf dumme Gedanken kommt. Sobald die Leute im County hören, was passiert ist, werden sie alle neugierig sein. Wir werden mit Geisterjägern überschwemmt werden, die versuchen, etwas zu finden.«

Ich atmete tief durch und wollte weder streiten noch die Sache auf die Spitze treiben. Das konnte ich mir nicht leisten. »Ich werde tun, was ich kann, Sheriff. Ich möchte Sie jedoch auch bitten, Ihre polizeilichen Befugnisse zu nutzen, um Hausfriedensbrecher zu entfernen, anstatt sie in meiner Fabrik Quartier beziehen zu lassen.«

»Verlangen Sie von mir, dass ich in diesem Gebiet patrouilliere?«

»Nein. Ich verlange von Ihnen, etwas zu unternehmen, wenn Sie wissen, dass sich übernatürliche Ermittler in der Fabrik herumtreiben und Überwachungskameras installieren. Ich bin kurz davor, Mr. Cannon wegen Hausfriedensbruchs und Sachbeschädigung anzuzeigen.«

Er stand auf, und ich kam schnell auf die Beine. Ich würde mich von ihm nicht einschüchtern lassen. »Ich gehe dann jetzt. Sie können ebenfalls gehen. Die Ermittlungen sind abgeschlossen. Tatsächlich wäre es vielleicht am besten, wenn Sie die Stadt verlassen würden.«

Ich zog bei seiner versteckten Drohung eine Augenbraue hoch. »Wollen Sie damit andeuten, dass ich ein Problem bekommen könnte?«

»Ganz und gar nicht, Miss Broussard. Ich deute an, dass Sie

sich vielleicht zweimal überlegen sollten, mit wem Sie sich zusammentun.«

Er ging zur Tür hinaus und ließ mich bis ins Mark erschüttert im Wohnzimmer stehen. Ich hatte ein ungutes Gefühl, und dieses Mal musste ich mich nicht auf meine Hexenkräfte verlassen – nicht, dass ich schon gewusst hätte, wie das geht –, um zu wissen, was es bedeutete. Sheriff Smith hatte meiner Familie so gut wie den Fehdehandschuh hingeworfen. Was auch immer Lila gesagt hatte, hatte seinen Verdacht nur verstärkt, anstatt ihn zu zerstreuen. Ich musste meine Mutter anrufen und warnen.

Ich kramte in meiner Handtasche und zog mein Handy heraus.

»Mom?«

»Ja, was ist los?«, fragte sie und hörte offensichtlich die Anspannung in meiner Stimme.

»Harold war gerade hier. Ich glaube nicht, dass er Lilas Geschichte abkauft«, platzte ich heraus.

»Oh nein«, murmelte sie. »Was hat er gesagt?«

Ich atmete ein paar Mal tief durch, um meine Nerven zu beruhigen, bevor ich ihm erzählte, was gesagt worden war. »Glaubst du, er wird etwas unternehmen?«

»Ich weiß nicht, aber wir werden viel vorsichtiger sein müssen. Harold hat in der Vergangenheit immer ein Auge zugedrückt, aber ich habe das Gefühl, das wird sich jetzt ändern.«

»Was ist mit der Fabrik? Dem Treffpunkt? Was, wenn er ihn findet?«

»Violet, dieser Ort existiert seit über hundert Jahren und noch niemand hat ihn gefunden. Bevor die Fabrik gebaut wurde, stand dort ein anderes Gebäude, in dem wir uns an genau derselben Stelle trafen. Die Tür ist verzaubert. Niemand kann sie sehen. Falls jemand zufällig darauf stoßen sollte, gibt es andere Zauber, um sie zu verbergen.«

Ich atmete erleichtert auf. Das erklärte, warum die Ermittler die Tür nie gefunden hatten. Ich hatte die Aufnahmen gesehen und war in der Fabrik gewesen und hatte sie auch nie gesehen.

»Okay. Er will, dass ich den Ort gut abschließe. Ich sorge dafür, dass ich dir einen Schlüssel gebe«, sagte ich und versuchte zu überlegen, wo ich in Lemon Bliss ein Vorhängeschloss finden könnte.

Sie kicherte. »Du kannst zwanzig Vorhängeschlösser daran anbringen. Ich werde keine Schlüssel brauchen, meine Liebe.«

»Oh, Mann, tut mir leid, hab ich vergessen«, sagte ich und kam mir dumm vor.

»Ist schon gut, Liebes. Entspann dich. Warum holst du dir nicht den Kaffee, den du dir holen wolltest, bevor Harold dich aufgehalten hat?«

»Das werde ich. Moment, woher wusstest du das?«

Noch ein leises Lachen, bevor die Leitung unterbrochen wurde.

Das würde alles sehr seltsam werden. Ich fragte mich, ob das mein ganzes Leben lang so gewesen war. Die Male, als ich nicht mit ihr telefonieren wollte und Ausreden erfunden hatte, um aufzulegen, oder die vielen Ausreden, die ich benutzt hatte, um nicht nach Hause zu kommen – hatte sie gewusst, dass ich log?

Ich schob das Gefühl von Schuld und Bedauern, meine Mutter angelogen zu haben, beiseite. Das war Vergangenheit. Von diesem Tag an würde ich viel vorsichtiger sein. Jetzt, da ich wusste, dass meine Mutter mehr als nur einen sechsten Sinn oder mütterliche Intuition besaß, müsste ich meine Worte sorgfältiger wählen.

Ich schnappte mir meine Handtasche und ging zur Tür hinaus, wobei ich darauf achtete, hinter mir abzuschließen. Normalerweise machte ich mir die Mühe nicht, aber jetzt hatte ich das Gefühl, beobachtet zu werden. Ich fuhr zum Crooked Coffee und ging hinein. Mitten am Tag war der Laden relativ ruhig, bis auf einen Tisch.

Mist. Ich hätte schauen sollen, wer drin ist, bevor ich reingekommen bin. In dem Moment drehte sich Gabriel um und sah mich.

KAPITEL NEUNZEHN

Ich erstarrte. Ich konnte mich nicht rühren, als er mich ansah. Kurz überlegte ich, ob ich meine Kraft einsetzen könnte, um mich zu tarnen. Wenn ich mich nur fest genug konzentrierte, würde er mich vielleicht nicht sehen, und ich könnte einfach wieder zur Tür hinausgehen und so tun, als wäre das alles nie passiert.

Zu spät. Er erhob sich von seinem Platz an unserem Stammplatz und kam auf mich zu. »Hi.«

»Hi«, quietschte ich.

»Deine Dosis für den Nachmittag?«, fragte er mit einem Lächeln.

»Japp.«

Ich ging zum Tresen und ließ Gabriel einfach stehen. Ich wusste nicht, was ich zu ihm sagen sollte. Ein Teil von mir wollte sich entschuldigen, und der andere war immer noch wütend, dass er überhaupt sauer auf mich geworden war. Ich brauchte Kaffee. Das war in diesem Moment mein einziges Ziel.

Erst der Kaffee, dann würde ich mich um Gabriel kümmern. Bewaffnet mit einem eiskalten Mokka drehte ich mich um, bereit, mich dem Mann zu stellen, der mich völlig durcheinanderbrachte.

Er stand immer noch da, beobachtete und wartete. Ich hatte das Gefühl, er könnte direkt durch mich hindurchsehen.

»Iss mit mir zu Abend«, sagte er mit leiser Stimme.

»Gabriel«, setzte ich an.

Er schüttelte den Kopf und unterband damit meinen Protest. »Ich möchte reden. Bitte?«

Wie konnte ich ihm das abschlagen? Ich wollte ja auch reden. Ich musste versuchen, mich ein wenig besser zu erklären. Vielleicht wäre er dieses Mal bereit, zuzuhören. »Okay.«

»Ich kann für uns kochen. Dann müssen wir uns keine Sorgen machen, gestört zu werden oder dass uns irgendwelche Wichtigtuer in die Quere kommen. Es geht um dich und mich, nicht um meine Tante oder deine Mutter«, sagte er und legte eine seiner Hände auf meinen Ellbogen.

Ich nickte und fühlte mich, als würde er mich verzaubern. Ich fragte mich, ob er wirklich ein Hexer war. Gab es die? Das mussten sie ja. Ich hatte das Gefühl, dass viele Dinge, die ich immer als Märchen abgetan hatte, vielleicht doch existierten. Meine Welt hatte sich verändert, und ich musste darauf vorbereitet sein, ein bisschen aufgeschlossener zu sein.

»Abendessen bei dir oder bei mir?«, fragte ich.

Er zuckte mit den Schultern. »Was ist dir lieber? Ich warne dich aber vor, ich wohne in einem kleinen Haus mit einer noch kleineren Küche.«

Ich lachte. »Dann bei mir. Omi würde es lieben, wenn jemand ihre große Küche benutzt, um eine richtige Mahlzeit zu kochen, anstelle der Mikrowellengerichte, die ich in letzter Zeit esse.«

»Perfekt. Ich bin für heute mit der Arbeit fertig. Ich fahre noch einkaufen und bin in etwa einer Stunde da. Passt das für dich?«

»Ja. Kann ich irgendetwas besorgen?«

»Nein. Das übernehme ich. Das ist mein Abendessen für dich. Du musst dich nur zurücklehnen und mir Gesellschaft leisten, während ich deine Küche in ein Chaos verwandle.«

»Klingt wie ein Date«, lächelte ich und ging mit einem

beschwingten Schritt zur Tür hinaus, der nichts mit dem Kaffee in meiner Hand zu tun hatte.

Ich fuhr direkt zurück zum Haus und räumte ein wenig auf. Ich rief Tara an und bestätigte ihr nochmals mein Versprechen, am Montag zu Hause zu sein und dass wir reden müssten. Als Nächstes rief ich meine Mutter an. Ich wollte keinen Überraschungsbesuch. Hoffentlich würde sie die Nachricht weitergeben, und die Damen würden Gabriel und mir ausnahmsweise etwas Privatsphäre gönnen. Sie hatten sich schon genug eingemischt. Es lag an uns, zu entscheiden, was das Beste für uns war, ohne dass sie uns zueinander drängten.

Ich frischte mich auf, zündete ein paar Duftkerzen an, die Omi zurückgelassen hatte, und wartete auf Gabriel. Er kam mit mehreren Tüten bepackt an.

»Ich dachte, du wolltest Abendessen kochen. Das sieht aus wie ein Festmahl für eine ganze Woche!«

»Ein guter Koch ist immer vorbereitet. Ich wusste nicht, was du in den Schränken hast, also habe ich sicherheitshalber alles mitgebracht, was ich brauchen könnte.«

Ich folgte ihm in die Küche und sah zu, wie er die Tüten abstellte und anfing, die Zutaten auszupacken.

»Was machst du denn?«, fragte ich.

Er sah mich an, zwinkerte und grinste. »Das ist eine Überraschung.«

»Oh, das klingt faszinierend. Kann ich helfen?«

»Nein. Ich möchte, dass du genau da sitzen bleibst und mir Gesellschaft leistest. Hier, das kannst du öffnen«, sagte er und zog eine Flasche Wein hervor.

Ich lächelte, nahm die Flasche, öffnete sie und schenkte zwei Gläser ein. Dann setzte ich mich auf einen der Hocker und sah ihm bei der Arbeit zu.

»Kokosgarnelen?«, fragte ich, nachdem ich die Zutaten überflogen hatte, die auf der großen Kücheninsel verteilt waren.

Er grinste. »Wenn du in Louisiana bist, isst du Garnelen.«

Lachend nickte ich. »Wie wahr.«

Während ich ihm dabei zusah, wie er die Garnelen putzte, ließ ich mich auf einem Hocker am Tresen nieder. Es war schön, ihn in der Küche zu haben. Im Haus, eigentlich. Ich verbrachte meistens viel Zeit allein, und sei es nur, weil ich damit beschäftigt war, meine Bäckerei zu leiten. Oh, ich hatte Freunde, aber ich lebte allein. Dieses große, alte Haus bot eine Menge Platz, in dem man allein herumgeisterte. Mit Gabriel hier fühlte sich der Raum wärmer und freundlicher an, mehr so, wie es sich anfühlte, als Omi noch lebte.

»Also, bereit, den Elefanten im Raum anzusprechen?«, fragte er und maß Reis aus der Tüte ab.

»Ich nehme an, wir sollten das hinter uns bringen, nur für den Fall, dass du deine Garnelen wieder einpacken und gehen willst.«

Er schüttelte den Kopf. »Nein, und das werde ich nicht. Das weiß ich so sicher, wie ich weiß, dass ich Kuchen liebe.«

Ich brach in Gelächter aus. »Was?«

Er grinste. »Nichts. Entschuldigung, das ist ein Spruch, den ich mal gehört habe. Aber ich liebe Kuchen wirklich, also passt es.«

»Das ist süß. Ich wollte mich entschuldigen. Ich meine, ich bin immer noch der Meinung, das Richtige getan zu haben, aber ich kann verstehen, warum du deswegen aufgebracht warst. Ich hätte es dir sagen sollen«, sagte ich leise.

Er schüttelte den Kopf. »Nein, das war nicht nötig. Es tut mir leid, dass ich so wütend geworden bin. Ich beschütze Tante Coral eben sehr. Ich habe mir Sorgen gemacht, dass jemand von ihr erfahren und denken könnte, sie verdiene es, strafrechtlich verfolgt zu werden, nur weil sie bezaubert ist. Der Gedanke, dass sie mir weggenommen werden könnte, macht mir eine Heidenangst«, erklärte er.

»Das ist süß. Ich finde es toll, wie sehr du sie beschützt.«

Er hielt inne und kam auf mich zu. Ich stellte mein Weinglas ab, unsicher, was er vorhatte. Er legte seine Hände auf beide Seiten meines Gesichts, sah mir in die Augen und küsste mich dann. Sein Kuss war kurz, aber leidenschaftlich. Ein Wonneschauer durchfuhr mich und ließ mich leicht erschrocken und verwirrt zurück. Diesen Kuss hatte ich nicht erwartet.

»Ich werde auch dich beschützen«, sagte er sanft.

»Was?«

Er lächelte und widmete sich wieder dem Abendessen. »Ich habe gesagt, ich werde auch dich beschützen. Euch alle.«

Ich war mir nicht sicher, was er meinte, wollte aber nicht aus Versehen etwas sagen, das uns alle verraten würde. Ich war mir immer noch nicht ganz sicher, ob er wusste, dass der ganze Haufen von Corals Freundinnen Hexen waren, mich eingeschlossen. Ich gewöhnte mich selbst erst langsam an diesen verrückten Gedanken.

»Danke.«

Er kicherte. »Du musst dein Geheimnis nicht vor mir verbergen, Violet. Ich weiß es bereits. Ich weiß schon lange über deine Mutter Bescheid. Im Gegensatz zu den Frauen hier in Lemon Bliss war meine Mutter viel offener, was Hexen und die übernatürliche Welt angeht. Als ich hierherkam, habe ich nicht lange gebraucht, um eins und eins zusammenzuzählen. Bitte glaube nicht, dass du diesen Teil von dir vor mir verstecken musst.«

Mir stand der Mund offen und ich wusste, dass ich dumm aussehen musste, aber ich konnte kein Wort herausbringen. »Du weißt es?«

»Ja, ich weiß es, und ich finde es in Ordnung.«

»Wow.«

»Kannst du mir einen großen Topf suchen?«, fragte er, als hätten wir über nichts Wichtigeres als das Wetter gesprochen.

Ich rutschte vom Hocker und begann, Schränke zu öffnen, bis ich einen fand. »Ich habe es selbst erst vor Kurzem herausgefunden.«

»Ich weiß.«

»Was! Das wusstest du auch?«

»Tante Coral hat erklärt, dass sie ihr Geheimnis streng hüten mussten. Erst als die Mordermittlungen begannen, wurde ihnen klar, dass sie es dir sagen mussten. Ich bin froh, dass sie es getan haben. Du wirst eine großartige Hexe sein«, grinste er.

Ich fing an zu lachen. Das musste das Lächerlichste sein, was ich je gehört hatte. »Hoffentlich verwandle ich niemanden in eine Kröte oder jage etwas in die Luft, während ich diese Lernkurve durchmache, die meine Mama mir versprochen hat. Ich bin selbst immer noch nicht ganz an den Gedanken gewöhnt.«

»Ich werde darauf achten, dich nicht wütend zu machen.«

»Ich kann nicht fassen, dass du das die ganze Zeit wusstest und nie etwas gesagt hast.«

Er zuckte mit den Schultern. »Was hätte ich sagen sollen? Es ändert doch nichts.«

»Gut. Ich bin froh, dass du damit so gut klarkommst. Ich glaube, du hast es besser aufgenommen als ich.«

Er erlaubte mir, ihm ein wenig zu helfen. Gemeinsam machten wir Kokosgarnelen und gebratenen Reis. Es roch so gut, dass ich am liebsten sofort darüber hergefallen wäre. Ich schaffte es, meine Manieren zu wahren und den Tisch zu decken. Wir setzten uns und genossen unser Essen. Es war absolut köstlich, und Gabriel war ausgesprochen charmant. Außerdem konnte der Mann kochen.

»Ich höre, du spielst mit dem Gedanken, hierherzuziehen«, sagte er und wischte sich den Mund mit einer Serviette ab.

»Ich denke darüber nach. Ich muss noch ein paar Dinge klären, bevor ich einfach so meine Zelte abbrechen und umziehen kann«, erklärte ich. »Ich weiß nicht, warum meine Mutter und die anderen Damen das nicht verstehen können.«

»Natürlich weißt du das. Ich denke, sie verstehen es übrigens, aber es ist ihnen egal. Sie wollen dich einfach hier haben. Genau wie ich.«

Er stand auf und begann, den Tisch abzuräumen, aber ich beorderte ihn ins Wohnzimmer. »Du hast gekocht, ich spüle. Bitte, setz dich einen Moment hin, entspann dich, leg die Füße hoch, ich bin gleich da.«

Er leistete nicht viel Widerstand. Ich räumte schnell den

Tisch ab und spülte das Geschirr, ließ es aber in der Spüle, um mich morgen darum zu kümmern. Glücklicherweise war Gabriel ein ordentlicher Koch und hinterließ kein Chaos. Ich musste zugeben, dass er eine Menge Pluspunkte auf seinem Konto hatte. Minuspunkte hatte ich bisher kaum welche bei ihm gefunden. Selbst der kleine Minuspunkt nach unserem Streit war ausradiert. Jetzt verstand ich, warum er verärgert gewesen war.

Ich füllte die Weingläser nach und trug sie ins Wohnzimmer.

»Hast du von Lilas Geständnis gehört?«, fragte ich und setzte mich neben ihn auf die Couch.

»Ja. Ich nehme an, das bedeutet, dass jetzt alles vorbei ist?«

Mit einem langen Ausatmen antwortete ich. »Ich hoffe es. Harold war vorhin hier, und er war irgendwie ein Idiot. Ich habe das Gefühl, dass wir alle sehr genau beobachtet werden. Er hat mir quasi nahegelegt, nicht wiederzukommen.«

»Mach dir keine Sorgen um Harold. Er hat keine Ahnung, was hier vor sich geht. Er will sich nur wichtig fühlen. Ich glaube, er ist seit Jahren in Lila verknallt. Die Tatsache, dass sie ihm nicht erzählt hat, was passiert ist, muss auch ein kleiner Stich ins Herz gewesen sein. Er wird darüber hinwegkommen und diesen ganzen Ermittlerkram für Übernatürliches bald wieder vergessen.«

»Ich hoffe es. Wenn ich hier ein neues Leben anfangen will, ist das Letzte, was ich gebrauchen kann, ein Sheriff, der mir im Nacken sitzt. Ich bin noch zu neu in dieser ganzen Sache und weiß, dass ich Fehler machen werde. Ich will nicht am Ende die Tarnung von allen auffliegen lassen.«

»Du wirst das schon schaffen«, sagte er, legte einen Arm um meine Schultern und drückte mich eng an sich.

Ich lehnte mich ein paar Minuten an seine Seite und genoss seinen sauberen, männlichen Duft und seine Wärme und Stärke. Ich dachte darüber nach, wie es wäre, ihn nicht nur vorübergehend zu sehen. Daran könnte ich mich definitiv gewöhnen.

»Arbeitest du morgen?«, fragte ich und unterdrückte ein Gähnen. Der Wein und der volle Bauch in Verbindung mit meinem Schlafmangel von letzter Nacht machten mich sehr schläfrig.

»Nö. Sonntags arbeite ich normalerweise nicht.«

Ich holte tief Luft und fasste all meinen Mut zusammen. »Möchtest du bleiben?«, flüsterte ich.

Sein Arm um mich spannte sich an. »Sehr gerne.«

Ich stieß den Atem aus, den ich angehalten hatte, erleichtert, dass er mich nicht zurückgewiesen hatte. Ich hatte keine Ahnung, was ich mit ihm tat, aber ich war bereit, es zu versuchen. Was war das Schlimmste, das passieren konnte? Ach ja, ein gebrochenes Herz. Ich war mir sicher, es gab einen Zauberspruch, um das zu heilen.

KAPITEL ZWANZIG

»Sehe ich dich noch, bevor du fährst?«, fragte Gabriel am nächsten Tag, als er an der Haustür stand.

»Ich werde bei meiner Mom vorbeischauen und dann wahrscheinlich losfahren. Je eher ich zurückkomme und anfange, herauszufinden, wie ich zwei Bäckereien führen kann, desto eher kann ich wieder hierherkommen«, sagte ich und schlang meine Arme um seinen Hals.

»Okay. Ruf mich heute Abend an und sag mir, wie es läuft. Wenn du es nicht schaffst, mach dir keine Sorgen. Uns wird schon etwas einfallen«, sagte er, bevor er mich küsste und aus der Tür ging.

Ich trat auf die Veranda und atmete den schweren Duft der Hunderten von Blüten ein. Es war ein Geruch, den ich durchaus lieben lernen könnte. Er war berauschend und ein wenig wuchtig, aber er hob die Stimmung. Ich blickte auf die Lavendelreihen und beschloss, dass sie der Grund für meine fabelhafte Laune waren. Na ja, sie und Gabriel.

Nach einer schnellen Dusche zog ich das Bett ab und machte mir eine gedankliche Notiz, eine neue Waschmaschine und einen Trockner liefern zu lassen. Dafür würde ich mein Erbe verwenden. Es war schließlich für Omas Haus. Ich griff nach den verderblichen Lebensmitteln aus dem Kühlschrank und packte sie in eine Tüte, um sie meiner Mutter zu bringen. Falls ich länger als erhofft brauchen sollte, um alles zu regeln, wollte ich nicht nach Hause kommen und einen Kühlschrank voller verdorbener Lebensmittel vorfinden. Ich warf einen letzten Blick ins Haus und lächelte.

»Ich komme wieder, Omi«, sagte ich mit einem Lächeln.

Ein kühler Lufthauch strich über meine Arme. Ich hatte das Gefühl, dass ich mich daran gewöhnen musste, wenn ich in dem Haus wohnen würde. Ich würde meine Mutter fragen, aber ich war mir sicher, dass dies der Geist war, den meine Mutter zuvor erwähnt hatte.

Nachdem ich abgeschlossen hatte, hielt ich im Garten inne und sah mich um. Der schwache Duft von Zitronen wehte zu mir herüber. Ich wirbelte herum und blickte zu den verlassenen Zitronenhainen in der Ferne hinter dem Haus. Selbst nachdem Omi das Zitronentee-Geschäft aufgegeben hatte, pflegte sie diese Haine. Obwohl mir jetzt, wo ich darüber nachdachte, klar wurde, dass sie wahrscheinlich nicht allzu viel Arbeit hineingesteckt hatte. Vermutlich hatte sie ein paar Zaubersprüche gewirkt, um die Zitronenbäume bei Laune zu halten.

Mit einem wehmütigen Lächeln drehte ich mich um und machte mich auf den Weg zum Haus meiner Mutter. Ich hatte nie verstanden, warum sie nicht einfach in das Haus meiner Großmutter gezogen war. Es hätte mehr Sinn ergeben, wenn es an sie vererbt worden wäre und nicht an mich. Ich wusste bereits, was sie sagen würde, wenn ich sie fragen würde. Sie hatte immer klargemacht, dass sie glaubte, das Haus sei Teil meines Schicksals.

»Mom?«, fragte ich und klopfte an die Tür, bevor ich sie aufstieß.

»Ich bin hier drin«, rief sie aus der Küche.

Ich ging in die Küche und sah sie mit Lila, Magnolia und Coral am Tisch sitzen. Es war mir sofort peinlich. Sie wussten es alle, das sah ich ihnen an. Das wissende Lächeln auf ihren Gesichtern war eine weitere Bestätigung.

»Wie war deine Nacht, meine Liebe?«, säuselte Coral im Falsett.

»Lass sie in Ruhe«, schimpfte Magnolia.

Ich wusste doch, warum ich sie schon immer am liebsten mochte.

»Meine Nacht war gut, danke«, erwiderte ich.

»Was ist das?«, fragte meine Mutter und zeigte auf die Tüte.

»Sachen aus meinem Kühlschrank. Ich wollte nicht, dass sie schlecht werden.«

»Du fährst weg?«, fragte Lila mit schockierter Stimme.

Ich nickte. »Ja. Ich muss. Das war ein schöner Besuch, aber ich muss zurück in mein Leben. Bevor ich irgendwelche Entscheidungen treffe, muss ich herausfinden, was ich mit meiner Bäckerei mache.«

Magnolia lächelte. »Wir sind so froh, dass du gekommen bist, meine Liebe. Du hast deine wahre Berufung entdeckt. *Das* ist eine sehr große Sache.«

Da hatte sie recht. »Du hast recht. Ich bin sehr glücklich, die Wahrheit erfahren zu haben, und ich freue mich darauf, mehr zu lernen, aber das Leben ruft. Ich hoffe, wir sehen uns bald wieder, meine Damen.«

»Ich bring dich noch raus«, sagte Mom und folgte mir zur Tür.

Sie folgte mir nach draußen und blieb neben meinem Auto bei mir stehen. »Ich weiß, es ist eine große Entscheidung, aber wisse einfach, dass ich dich unterstützen werde, egal, wie du dich entscheidest. Selbst wenn es mehrere Monate oder länger dauert, bis du alles geregelt hast, werde ich hier sein. Ich kann es kaum erwarten, diese Reise mit dir zu teilen«, sagte sie und umarmte mich fest.

»Ich weiß, Mom. Ich weiß, dass ich wiederkomme, ich weiß nur nicht, wann.«

Sie nickte und zwinkerte. »Aber du wirst wiederkommen. Ich bin froh, dass du dir das selbst eingestehen kannst.«

Ich lachte, als ich in mein Auto stieg. Mit einem Winken zum Abschied fuhr ich zum Crooked Coffee, um mir meine Dosis Koffein zu holen, bevor ich mich auf den Weg machte. Ich würde den kleinen Laden vermissen. Es war schön, nicht in der Schlange stehen zu müssen, um sich schnell einen Kaffee zu holen. Definitiv einer der Vorteile des Kleinstadtlebens.

»Du fährst weg, nicht wahr?«, hielt Daphne mich auf, als ich aus dem Auto stieg.

»Daphne, ich muss.«

Sie schüttelte den Kopf. »Nein, nein, nein. Ich muss mit dir reden. Gehst du rein, um Kaffee zu holen?«

»Ja.«

»Großartig. Ich hole uns welchen und wir können uns zusammensetzen und plaudern, bevor du fährst. Du musst wissen, dass ich dich auf keinen Fall so einfach davonkommen lasse.«

Ich kicherte. »Solange du nicht die Handschellen auspackst, ist es für mich in Ordnung, wenn du mich noch ein bisschen hier festhältst, aber dann muss ich los. Ich habe eine lange Fahrt nach Hause vor mir.«

»*Das hier* ist dein Zuhause. Du fährst nur zu diesem anderen Ort zurück, um zu packen, aber hier gehörst du hin«, korrigierte sie mich.

Ich widersprach ihr nicht. Wir bestellten unseren Kaffee und setzten uns. Ich konnte sehen, dass sie mir etwas zu sagen hatte. Sie sprühte förmlich vor Aufregung.

»Raus damit. Was hast du angestellt?«

Sie klatschte in die Hände. »Es geht nicht darum, was ich getan habe. Es geht darum, was wir tun werden!«

»Was werden wir denn tun, Daphne?«, fragte ich und dachte, ich sollte dem Mädchen, das sichtlich aufgeregt über ihre Neuigkeiten war, ihren Willen lassen.

»Ich habe den Kredit bekommen!«

Meine Gedanken rasten, während ich versuchte, unsere

früheren Gespräche noch einmal durchzugehen, um das fehlende Puzzleteil zu finden. »Welchen Kredit?«, fragte ich, als mir klar wurde, dass ich keine Ahnung hatte, wovon sie sprach.

»Unseren Kredit! Für die Bäckerei, die wir eröffnen werden!«, rief sie beinahe.

Ich sah mich um und bemerkte, dass uns mehrere Leute anstarrten. »Daphne, ich habe nicht gesagt, dass ich für diesen Schritt bereit bin.«

Sie wischte meine Worte mit einer Handbewegung beiseite. »Nein, das hast du nicht, aber das musstest du auch nicht. Ich kenne dich zu gut. Ich war bei meiner Bank und hatte ein Gespräch mit dem Filialleiter. Er hat mir eine vorläufige Zusage für den Kredit gegeben. Natürlich brauchen wir Sicherheiten und wir müssen beide unterschreiben, aber er ist dabei. Es war seltsam, fast schon zu einfach«, sagte sie und rieb sich nachdenklich das Kinn.

Meine Augen weiteten sich. »Hast du ihn bezaubert?«, zischte ich.

»Was? Bezaubert? Was meinst du damit? Ich bin charmant und die meisten Männer finden mich attraktiv, aber falls du andeuten willst, dass ich mit ihm geflirtet habe, um den Kredit zu bekommen, dann nein. So verzweifelt bin ich nun auch wieder nicht, Violet. Mensch, trau mir doch was zu.«

Ich verdrehte die Augen. »Nicht auf diese Weise. Ich meine *bezaubert*«, sagte ich und betonte das Wort.

Ich blickte in ihre ahnungslosen Augen. Offensichtlich war Magnolia in ihrer Hexenausbildung mit Daphne noch nicht so weit gekommen.

»Violet, wirklich, wovon redest du?«

Ich beugte mich vor und senkte meine Stimme zu einem Flüstern. »Bezaubern ist etwas, was Hexen tun. Du kannst jemanden bezaubern, damit er tut, was du willst.«

Ihre Augen quollen ihr fast aus dem Kopf und ihr Mund klappte auf. Sie schlug eine Hand vor den Mund und schüttelte den Kopf. »Du meine Güte, was, wenn ich das getan habe? Ich wollte es nicht, aber es war wirklich ein bisschen zu einfach.«

Ich fing an zu kichern. »Na ja. Es ist ja nicht so, als wäre ich nicht kreditwürdig, und es war ein unschuldiges Versehen. Ich denke, solange wir verantwortungsbewusst sind und unsere Raten pünktlich zahlen, ist nichts wirklich Schlimmes daran. Hoffe ich jedenfalls. Ich möchte nicht, dass es irgendwelche schrecklichen Konsequenzen gibt, weil wir unsere Magie zum persönlichen Vorteil nutzen. Wir müssen wirklich mit unseren Müttern über diese Sachen reden.«

»Ich kann nicht fassen, dass ich das getan habe. Warum haben meine Zauber nicht gereicht, um meinen Mann treu zu halten?«, murmelte sie.

»Ich glaube, du solltest dich glücklich schätzen, dass du seinen wahren Charakter erkannt hast, bevor du Kinder mit ihm hattest.«

Sie nickte und nahm einen Schluck von ihrem Kaffee. »Das stimmt. Okay, also heißt das, du bist bereit, das durchzuziehen?«, fragte sie mit einem breiten Grinsen und flehendem Blick.

Ich atmete lange aus. »Das bin ich, aber ich muss herausfinden, was ich mit meinem anderen Laden mache. Und wir müssen immer noch einen Ort für die Bäckerei finden. Es wird Monate oder länger dauern, die nötige Ausrüstung zu besorgen, die Verkabelung zu machen, die dafür gebraucht wird, und so weiter. Ein Geschäft zu gründen, ist eine Menge Arbeit.«

Sie blickte auf ihre Kaffeetasse hinunter. »Na ja, ich kenne da zufällig einen Handwerker, der wahrscheinlich die Chance ergreifen wird, sich um einen Großteil dieser Dinge zu kümmern.«

»Oh nein. Du hast es auch gehört?«

Sie fing an zu kichern. »Ich bin heute Morgen bei deinem Haus vorbeigekommen, um dir von dem Kredit zu erzählen. Ich habe seinen Truck in der Einfahrt gesehen und dachte mir, ich fahre besser weiter.«

Ich legte eine Hand an meine Stirn. »Na, das ist ja peinlich.«

»Nein, ist es nicht. Ihr seid beide Single, und er steht total auf dich. Ich finde es süß und freue mich sehr darauf, dass wir einige Arbeiten in der Bäckerei umsonst oder zumindest stark vergünstigt bekommen.«

»Wir müssen einen Immobilienmakler kontaktieren und sehen, ob es verfügbare Gewerbeimmobilien gibt«, sagte ich und wechselte schnell das Thema.

»Erledigt.«

»Was? Donnerwetter, du bist aber schnell.«

»Willst du sie dir ansehen, bevor du fährst?«, sagte sie und ließ ein Schlüsselbund vor mir baumeln.

»Du hast schon Schlüssel?«, fragte ich erstaunt. »Hast du die Person auch bezaubert?«

Sie kicherte. »Nein, ich kenne nur den Kerl, dem das Gebäude gehört. Ich habe gefragt, ob ich es mir ansehen kann, und er hat mir die Schlüssel gegeben. Ich gebe sie ihm morgen zurück. Der Makler meint, dieser Ort wäre perfekt, aber ich habe ihn noch nicht gesehen. Komm schon, lass ihn uns ansehen. Es wird nicht lange dauern.«

Ich schaute auf meine Uhr. »Na gut, aber ich kann nicht lange bleiben. Ich will los, damit ich nicht in den Wochenendverkehr aus New Orleans heraus gerate.«

Sie quietschte und sprang vom Tisch auf. Ich folgte ihr in meinem Auto. Als sie vor dem Gebäude parkte, das einst ein kleiner Supermarkt gewesen war, war ich sofort unsicher. Es würde eine Menge Arbeit erfordern, den Laden in eine Bäckerei zu verwandeln. Ich bezweifelte, dass ein Kredit die Betriebskosten zusammen mit den Arbeits- und Gerätekosten decken würde, was bedeutete, dass Omas Geld zum Einsatz kommen würde.

»Lass dich nicht vom Äußeren täuschen«, sagte sie, schloss die Tür auf und stieß sie auf.

Ich sah mich um, blickte auf die kaputten Regale, die überall verstreut waren, zusammen mit einer Menge Schmutz und Gerümpel. »Und was ist mit dem Inneren?«, murmelte ich.

»Das ist einfach. Ein großer Container und ein bisschen Muskelschmalz, und bald wird das alles so gut wie neu sein. Schau, wir könnten die Theke dort haben mit ein paar kleinen Tischen, die hier verteilt sind. Denk an Rosa. Ist Rosa nicht eine gute Farbe für eine Bäckerei?«, fragte sie.

»Äh, ich weiß nicht. Lass uns mal den hinteren Bereich ansehen«, sagte ich und ging hinter die kleine, bestehende Theke.

Ich stöhnte. Daphne schnappte nach Luft.

»Ist schon okay. Das können wir aufräumen.«

»Die Decke, Daphne. Es muss einen Wasserschaden gegeben haben oder sie wurde vielleicht in einem Hurrikan beschädigt. Das zu reparieren, könnte eine Menge Geld kosten«, warnte ich sie.

Sie lächelte. »Das macht nichts. Das hier ist es. Das ist unsere Bäckerei. Fühlst du es nicht? Ich kann praktisch das backende Brot riechen. Schließ die Augen und atme ein. Du kannst die Hefe und den Zucker riechen.«

Ich tat, wie sie vorschlug, und bemerkenswerterweise konnte ich die Düfte riechen, die mir aus meiner Bäckerei zu Hause so vertraut waren.

Ich öffnete meine Augen und sie starrte mich mit Tränen in den Augen an.

Ich lächelte und nickte. »Das ist unsere Bäckerei.«

Sie schrie auf und umarmte mich stürmisch. Ich erwiderte die Umarmung und hoffte, dass dies die richtige Entscheidung war.

»Sind Sie Mr. Cannon?«, fragte Harold Smith.

Am anderen Ende der Leitung herrschte eine lange Pause, bevor der Ermittler für Übernatürliches, George Cannon, antwortete: »Ja, der bin ich.«

»Hier ist Sheriff Smith aus Lemon Bliss. Ich bin derjenige, mit dem Sie nach dem Tod Ihres Partners in dieser alten Zitronentee-Fabrik gesprochen haben. Ich wollte fragen, ob wir uns treffen und reden könnten.«

»Warum?«

»Ich habe einige Fragen und hoffe, Sie können sie mir beantworten«, erklärte Harold.

»Ich weiß nicht, ob ich die Antworten habe, die Sie suchen.«

»Dann kann es ja nicht schaden, zu reden, oder?«, hakte Harold nach.

»Na gut. Wo?«

»Nicht hier. Nicht in Lemon Bliss«, beteuerte der Sheriff. »Hier ist es nicht sicher.«

»In Ordnung, passt Ihnen Ruby Red?«

»Ich werde da sein. Können wir uns in einer Stunde treffen?«

»Ja.«

Harold legte auf und sah sich in seinem Büro um. Er wusste,

dass er sich damit in die Nesseln setzte, aber diese Frauen führten etwas im Schilde, das wusste er einfach. All die Gerüchte – da musste etwas Wahres dran sein. Diese Frauen ließen ihn wie einen Idioten dastehen. Liefen herum, als ob ihnen die Stadt gehörte. Genug war genug. Sie würden ihn nicht zum Gespött des ganzen Bezirks machen.

»Ich bin für ein paar Stunden außer Haus«, sagte er zu der älteren Sekretärin, die am Schreibtisch vor seinem Büro saß.

Er kletterte in seinen alten Pick-up und fuhr aus der Stadt hinaus. Er kam an der alten Fabrik vorbei und starrte zu dem großen Schornstein hinauf, der in den Himmel ragte. Er hatte schon lange vermutet, dass mit diesem Ort etwas nicht stimmte, aber er hatte immer die Haltung eingenommen, dass er sie in Ruhe lassen würde, wenn sie ihn in Ruhe ließen. Das war vorbei.

Lila hatte eine Grenze überschritten. Diese Frau hatte ihn wie einen Trottel aussehen lassen. Es war Zeit, sich reinzuknien und zurückzuschlagen.

Er fuhr auf den Parkplatz des Diners und ging hinein, wobei er sich umsah. Als er sein Ziel erblickte, steuerte er geradewegs auf den Mann zu und ließ sich in die Sitznische gleiten. Die Kellnerin erschien fast augenblicklich, brachte ihm ein Glas Wasser und nahm seine Bestellung auf. Er war nicht hungrig, dachte aber, er sollte zumindest eine Tasse Kaffee bestellen.

Sobald die Kellnerin weg war, wandte er sich dem Ermittler zu.

»Womit kann ich Ihnen helfen, Sheriff?«

»Ich will wissen, was in dieser Fabrik vor sich geht.«

George Cannon lächelte. »Ich habe mich schon gefragt, wie lange Sie brauchen würden, um mit ins Boot zu kommen. Diese Hexen praktizieren schon seit langer Zeit Magie in dieser Fabrik. Dale hat diese Gegend eine ganze Weile erforscht. Wir haben es endlich geschafft, die Produzenten unserer Show davon zu überzeugen, uns diesem Hinweis nachgehen zu lassen.«

»Welche Art von Forschung?«

»Seit Jahrhunderten gibt es Geschichten, die aus Lemon Bliss kommen. Dachten Sie ernsthaft, all diese Geschichten basierten auf Gerüchten? In jedem Gerücht steckt ein Körnchen Wahrheit, Sheriff. Der Schlüssel ist, es auseinanderzunehmen, bis man dieses kleine Körnchen Wahrheit findet. Sobald man es gefunden hat, gräbt man tiefer. Dale und ich waren kurz davor, die Wahrheit aufzudecken, bevor er so sang- und klanglos getötet wurde«, spie er kopfschüttelnd aus.

»Er wurde nicht getötet. Sein Tod war ein Unfall. Es gab eine Zeugin«, sagte Harold und bewahrte die Ruhe.

George lachte lauthals auf und verbarg seine Wut nicht im Geringsten. »Glauben Sie das wirklich? Lassen Sie mich raten: eine dieser kleinen Hexen hat Ihnen die Geschichte erzählt.«

Harold hielt seinen Gesichtsausdruck gelassen und weigerte sich, zu zeigen, dass er seine eigenen Fragen hatte, ob Lila ehrlich zu ihm gewesen war. »Ich sagte, es gab eine Zeugin. Ich muss Ihnen die Einzelheiten nicht erzählen.«

»Und ich muss Ihnen nicht die Einzelheiten dessen erzählen, was wir bei unserer Untersuchung aufgedeckt haben.«

Harold holte tief Luft und überlegte schnell, was er preisgeben sollte. Der Mann könnte nichts haben; oder er könnte den Schlüssel zur Aufdeckung der vielen seltsamen Ereignisse in Lemon Bliss in der Hand halten.

»Lila. Lila hat euch ausspioniert. Ich habe das Überwachungsmaterial von den Kameras, die Sie aufgestellt haben. Hatten Sie überhaupt die Gelegenheit, das Material zu sichten?«

George nickte. »Ja. Die Bänder, die Sie haben, sind nicht alle Bänder. Wir haben Kopien gemacht. Wir haben mehr Bänder mit mehr Beweisen.« Ein listiges Grinsen überzog sein Gesicht. »Wir haben die eigentlichen Beweise.«

»Welche Beweise?«, fragte Harold, fasziniert von der Vorstellung, das zu sehen, was er schon lange vermutet hatte.

»Ich möchte Ihnen ja nicht die ganze Show verderben.«

»Sie machen mit der Show weiter, selbst nach dem, was mit Dale passiert ist?«

George zuckte mit einer Schulter, als wäre der Tod seines

Freundes nur etwas, das eben passiert. Das beunruhigte Harold, aber er war mehr als neugierig zu erfahren, was sie aufgedeckt hatten.

»Natürlich machen wir weiter. Dales Tod war die beste Publicity, die wir uns je hätten wünschen können. Das Interesse an dieser Folge ist größer als an jeder anderen, die wir je hatten. Von nun an werde ich die Führung übernehmen.«

Harold starrte den Mann entsetzt an, als ihm klar wurde, dass George von Dales Tod profitiert hatte und daraus Kapital schlug. »Wann wird sie ausgestrahlt?«, fragte er.

»Oh, ich arbeite noch an ein paar Details. Ich will sicherstellen, dass die Öffentlichkeit die ganze Geschichte bekommt. Ich würde nur ungern jemanden im Ungewissen lassen«, bot George mit einem Augenzwinkern an.

»Vielleicht kann ich Ihnen bei diesen Details helfen. Wir können unsere Beweise vergleichen«, sagte Harold in der Hoffnung, den Mann zu einer Zusammenarbeit überreden zu können. Inzwischen wollte er George im Auge behalten können, da seine Besorgnis über dessen Beweggründe von Minute zu Minute wuchs.

George schien über das Angebot nachzudenken. »Woher soll ich wissen, dass Sie irgendetwas Wertvolles beizutragen haben?«

»Ich habe mein ganzes Leben in Lemon Bliss gewohnt. Ich bin mit diesen Frauen zur Schule gegangen und habe eine Menge gesehen. Ich habe nicht darüber gesprochen oder eine Fernsehsendung über das gedreht, was ich gesehen habe, aber das heißt nicht, dass ich nichts weiß.«

»Ich kann Ihnen einiges von dem Material zeigen, das ich habe. Dales Notizen sind auch sehr interessant. Er hat auch den Ex-Mann von einer von ihnen interviewt. Das war ein sehr interessantes Gespräch«, erklärte George.

Harold wurde etwas blass. »Er hat was getan?«

George nickte. »Oh, das wussten Sie nicht, oder? Er hat auch den Ex einer jungen Frau namens Daphne aufgespürt.«

»Magnolias Tochter? Was hat sie mit all dem zu tun? Sie ist

keine von ihnen«, entgegnete Harold und fühlte sich allmählich unwohl bei der Richtung, die das Gespräch einschlug.

George schüttelte langsam den Kopf. »Sie wissen bei Weitem nicht so viel, wie Sie denken, Sheriff.«

»Sagen Sie es mir«, murmelte er und unterdrückte seinen Frust. »Für wen halten Sie sie?«

»Das ist nichts, was ich einfach so erklären kann. Man muss es sehen, um es zu glauben. Sie müssen ein Verständnis für das Übernatürliche haben. Wenn Sie nicht aufgeschlossen sind, wird es für Sie nie einen Sinn ergeben.«

»Was wollen Sie damit sagen?«

»Kommen Sie in mein Büro in New Orleans. Sie könnten unmöglich verstehen, was auf den Bändern ist, wenn Sie nicht verstehen, wie das Übernatürliche funktioniert. Es gibt Zeichen, nach denen man Ausschau halten muss. Was Ihnen normal erscheinen mag, ist in Wirklichkeit alles andere als das«, erklärte er.

»Woher weiß ich, dass ich Ihnen vertrauen kann? Was macht Sie zu einer solchen Autorität auf diesem Gebiet?«

George grinste. »Haben Sie die Sendung nicht gesehen?«

Harold rümpfte die Nase. »Als ob irgendetwas von diesem Zeug wahr wäre.«

»Oh, aber das ist es. Zu lange hat uns die Gesellschaft gelehrt, dass das alles nur Einbildung ist. Das ist es nicht. Übernatürliche Wesen wurden gezwungen, in den Untergrund zu gehen, sich zu verstecken aus Angst vor Strafverfolgung oder Verfolgung. Meine Aufgabe ist es, sie aufzuspüren. Ich will ihnen nichts tun. Meine Zuschauer wollen ihnen nichts tun. Wir sind im Allgemeinen neugierig auf sie. Aber diese Frauen in Lemon Bliss haben eine Grenze überschritten. Wir wollten nur mit ihnen reden«, sagte er und schüttelte den Kopf mit einer, wie Harold fand, gespielten Traurigkeit.

Irgendetwas an dem Mann bereitete ihm Unbehagen. Er konnte es nicht genau benennen, aber es war da. Dreißig Jahre bei der Polizei hatten seine eigene Intuition geschärft. Bauchgefühle waren Teil des Jobs und sein Bauchgefühl sagte ihm, dass dieser Mann nicht der war, für den er sich ausgab.

»Ich würde mir gerne ansehen, was Sie haben. Vielleicht kann ich Ihnen zu einigen dieser Geschichten ein paar Einblicke geben«, bot Harold an, in der Hoffnung, den Mann zu beruhigen.

Er hasste Lila und die anderen nicht, aber sie hatten ihn verletzt. Er wollte die Wahrheit herausfinden, egal, wie sie aussah. Wenn das bedeutete, sich mit dem Mann ihm gegenüber am Tisch anzufreunden, dann würde er genau das tun.

»Kommen Sie morgen um zwei in mein Büro. Ich gebe Ihnen eine exklusive Vorschau auf das kommende zweistündige Special. Vielleicht können Sie ja noch ein paar Informationen hinzufügen.«

Harold dachte ein paar Sekunden darüber nach, bevor er zustimmte, am folgenden Tag dorthin zu fahren.

»Wir sehen uns morgen.«

»Bringen Sie alle Akten zu Fällen mit, die Sie für relevant halten. Ich würde liebend gerne noch mehr Schmutz ausgraben, um eine schön saftige Folge daraus zu machen.«

Beide Männer standen auf, schüttelten sich die Hände und verließen das Diner. Als Harold nach Hause fuhr, dachte er über einige der seltsamen Ereignisse nach, die sich im Laufe der Jahre zugetragen hatten. Es gab ein paar Situationen, von denen er definitiv dachte, dass sie es wert wären, genauer untersucht zu werden. Er würde dem noch nicht weiter nachgehen, noch nicht. Vorerst würde er George benutzen, um einige Einblicke zu bekommen. Sobald er seine Vermutungen beweisen oder widerlegen konnte, würde er entscheiden, was zu tun war.

Als er zurück nach Lemon Bliss fuhr, zog die Fabrik seine Aufmerksamkeit auf sich. Er hatte den Tatort noch nicht freigegeben und beschloss, dass es nicht schaden könnte, sich noch einmal umzusehen. Vielleicht würde er seine eigenen Beweise finden. Er mochte George nicht, und irgendetwas sagte ihm, dass der Kerl am Tod seines Partners nicht ganz unschuldig war. Vielleicht würde er noch einmal mit Lila reden. Sie hielt ebenfalls etwas zurück. Es gab für seinen Geschmack viel zu viele Geheimnisse in dieser Stadt.

Eine Schicht nach der anderen. Die erste Schicht begann mit der Fabrik und dem, was auch immer diese übernatürlichen Ermittler entdeckt hatten.

———

Wenn du Updates zu meinen neuen Veröffentlichungen und anderen Neuigkeiten erhalten möchtest, melde dich für meinen Newsletter an: subscribepage.io/sTrNBG

Für mehr Spaß mit den Hexen in Lemon Bliss, blättern Sie um für eine exklusive Vorschau auf *A Spell to Tell*, das nächste Buch in der Lemon-Tea-Reihe.

KAPITEL 1

»Bist du bereit?«, fragte ich Daphne und atmete mehrmals tief durch, um mich zu beruhigen.

Sie lächelte. »Mädel, ich bin seit drei Monaten bereit. Ich hätte nicht gedacht, dass dieser Moment jemals kommen würde. Mir war wohl nicht klar, wie viel Arbeit es sein würde, den Laden in eine Bäckerei zu verwandeln. Ich dachte, ein paar Öfen und Spülbecken und dann ein paar Sitzgelegenheiten im Gastraum. Das hier war eine Heidenarbeit.«

Lächelnd sah ich mich im winzigen Gastraum unserer neuen Bäckerei um. Heute war unsere große Eröffnung. Ich war nervös und aufgeregt zugleich.

»Hast du die Kassenlade drin?«, fragte ich und ging eine mentale Checkliste durch.

»Ja.«

»Tische sind geputzt, die Theke mit den Beilagen ist aufgefüllt, die Auslage ist fertig«, murmelte ich, während ich mich im Kreis drehte. Alles musste einfach perfekt sein.

»Alles bestens, Violet. Das wird großartig. Nach unserer

stillen Eröffnung letzte Woche wird in der Stadt schon getuschelt. Das wird ein Riesenerfolg! Bist du bereit?«

Nach einem weiteren tiefen Atemzug schloss ich die Augen und sammelte mich. »Okay, ich bin bereit. Leg los.«

Sie legte den Schalter des Neonschilds mit der Aufschrift »Geöffnet« um, und damit waren wir offiziell im Geschäft. Wir standen beide mitten im Gastraum und starrten auf die Eingangstür. Daphne prustete kichernd los.

»Ich glaube nicht, dass es einen Massenansturm geben wird.«

Ich lachte mit ihr. »Nein, wahrscheinlich nicht. Das war ein bisschen unspektakulär.«

Sie kicherte erneut, als sie hinter die Theke ging und ihre Position an der Kasse einnahm. »War das bei deiner anderen Bäckerei auch so?«

Ich schüttelte den Kopf. »Nicht wirklich, aber die habe ich auch in einer größeren Stadt an einer belebten Straße eröffnet. Da wurde schon viel geredet, bevor wir aufgemacht haben. Die ersten paar Tage waren wir total überrannt, und dann ließ es nach. Zum Glück zog das Geschäft nach etwa einem Monat wieder an und wuchs stetig. Es hat eine Weile gedauert, bis es sich herumgesprochen hatte. In dem Laden waren schon so viele Cafés und andere Geschäfte gewesen, dass uns anfangs niemand ernst genommen hat.«

»Tara wird das großartig machen. Sie schien ziemlich begeistert zu sein, den Laden in Vollzeit zu übernehmen«, sagte sie und bezog sich dabei auf meine Geschäftsführerin der Bäckerei, die ich bei meinem Umzug zurückgelassen hatte.

»Ja, sie wird fabelhaft sein. Sie war über zwei Jahre lang meine Assistentin. Sie ist mehr als bereit, den ganzen Laden zu schmeißen. Ich konnte ihn nicht schließen. Dieser Laden war mein Baby. Ich habe ihn so lange gehegt und gepflegt, ich konnte ihn nicht loslassen.«

Daphne grinste breit. »Jetzt bist du offiziell Inhaberin einer Kette!«

Ich lachte. »Ich weiß nicht, ob zwei Bäckereien schon eine Kette sind, aber falls ja, gehörst du auch zu dieser Kette.«

»Divine Desserts wird es bald in jeder Stadt geben!«, neckte Daphne mich.

»Ja, werden wir mal nicht übermütig«, warnte ich.

Wir standen beide hinter der Theke und warteten auf unseren ersten Kunden. Ich kannte die Risiken, ein Geschäft in einer Kleinstadt zu eröffnen, aber Daphne war zuversichtlich, dass wir es schaffen könnten. Es würde kein boomendes Geschäft werden, aber ich war sicher, dass wir es rentabel machen konnten. Ich freute mich tatsächlich auf das langsamere Tempo, das eine Kleinstadtbäckerei mit sich bringen würde. Ich war vollkommen damit im Reinen, Acht-Stunden-Tage zu arbeiten anstatt zwölf oder mehr.

Als der erste Kunde durch die Tür kam, erstarrten wir beide. »Hallo«, begrüßte ich schließlich den älteren Mann, der die Kekse in der Vitrine musterte.

»Darf ich Ihnen eine Kostprobe anbieten?«, bot Daphne an.

Der Mann betrachtete die Auswahl an Keksen und entschied sich schließlich für ein Bäckerdutzend Schokoladenkekse. Daphne kassierte ihn ab, während ich die Auslage wieder auffüllte.

»Das war irgendwie angespannt«, flüsterte ich Daphne zu, als der Mann gegangen war. »Er sah nicht glücklich aus, so als hätten wir ihn gezwungen, hereinzukommen und Kekse zu kaufen.«

»Das ist nur der Griesgram Gus. Erinnerst du dich nicht an ihn?«, fragte sie.

Meine Augen weiteten sich. »Der lebt noch?«

Das brachte sie zum Kichern. »Ja, er lebt noch. Er ist der Griesgram vom Dienst und offensichtlich noch nicht bereit, seine Rolle in nächster Zeit aufzugeben.«

Ich nickte verständnisvoll. Gus war schon alt gewesen, als ich klein war. Das machte ihn jetzt fast zu einer Antiquität. Es war so lange her, dass ich ihn gesehen hatte, dass ich ihn nicht erkannt hatte.

Die kleinen Glöckchen über der Tür bimmelten erneut. Wir blickten auf und sahen meine Mutter hereinkommen. Sie schaute sich in der leeren Bäckerei um, bevor ihr Blick zu uns wanderte, ihre Züge angespannt.

»Läuft's langsam an?«

»Das wird schon noch. Wir haben ja erst seit fünf Minuten geöffnet. Die Leute wissen vielleicht noch gar nicht, dass wir hier sind«, erklärte ich und hoffte, damit sowohl meine eigenen Nerven als auch die von Daphne zu beruhigen.

»Na ja, es ist gut, dass niemand hier ist. Ich muss mit euch reden. Mit euch beiden«, sagte sie und ließ ihren Blick zwischen uns hin und her schweifen.

»Was ist los?«, fragte ich in der Annahme, es hätte etwas mit dem Zirkel zu tun.

»Es gab einen Diebstahl«, verkündete sie.

Daphne und ich sahen uns an und dann wieder meine Mutter an. »Einen Diebstahl?«

Sie nickte, blickte zurück zur Tür und beugte sich dann über die Theke. »Im Museum.«

»Lemon Bliss hat ein Museum?«, fragte ich verblüfft.

Meine Mutter verdrehte die Augen. »Oh, du meine Güte, Violet! Erinnerst du dich an überhaupt irgendwas aus deiner Kindheit hier?«

Ich sah Daphne hilfesuchend an. »Du weißt schon, das alte Museum. Es ist eigentlich ein altes Haus. Da ist nicht viel drin, nur Zeug, das die Geschichte von Lemon Bliss zeigt«, erklärte sie.

»Oh«, sagte ich. Auf ihren Hinweis hin erinnerte ich mich daran, dass wir den Ort besucht hatten, als wir in der Grundschule waren. Es war klein und nur einen oder zwei Tage die Woche geöffnet. Es war nicht gerade eine Haupttouristenattraktion.

»Was wurde gestohlen?«, fragte Daphne.

Meine Mutter fuhr sich mit einer Hand durch ihr schwarzes Haar, wobei ihre Armbänder klimperten, als sie die losen

Strähnen zurückstrich, die sich aus dem Knoten auf ihrem Kopf gelöst hatten.

»Mehrere Gegenstände, aber zwei bereiten uns ernsthafte Sorgen. Morgen Abend wird es eine Zirkelversammlung geben, um die Angelegenheit zu besprechen«, sagte sie mit leiser Stimme.

»Mama, hier ist niemand«, erinnerte ich sie.

»Ich weiß«, fuhr sie mich an, ihre Gereiztheit war unüberhörbar.

Daphne streckte die Hand aus und drückte die meiner Mutter. »Wir werden da sein. Ich bin sicher, es wird alles gut. Du brauchst dir keine Sorgen zu machen.«

»Wenn das nur wahr wäre«, murmelte sie, als sie vom Tresen zurücktrat.

»Möchtest du einen Donut oder einen Muffin?«, fragte ich in der Hoffnung, sie von ihren Sorgen ablenken zu können. Ich wusste bei meiner Mutter nie so recht, wie ernst ich sie nehmen sollte. Sie neigte zur Dramatik. Nur gelegentlich waren ihre theatralischen Reaktionen gerechtfertigt.

»Nein, danke. Ich muss mit Lila reden. Wir sehen uns morgen, Mädels, und viel Glück bei eurer großen Eröffnung. Ich werde auf jeden Fall weitererzählen, dass ihr geöffnet und bereit fürs Geschäft seid«, sagte sie und winkte, als sie hinausging. Das Klimpern ihrer Bettelarmbänder folgte ihr zur Tür hinaus.

»Das war seltsam«, sagte Daphne, als die Tür hinter meiner Mutter ins Schloss gefallen war. »Virginia ist eigentlich niemand, der sich wegen irgendetwas aufregt.«

Ich zuckte mit den Schultern. »Sie ist wegen des Todes dieses Ermittlers für Übernatürliches in der Fabrik immer noch angespannt. Seit Monaten wartet sie darauf, dass der Hammer fällt. Ich sage ihr immer wieder, dass alles in Ordnung ist und sie sich keine Sorgen machen muss, aber sie ist überzeugt, dass sie spürt, dass etwas im Anmarsch ist.«

»Na ja, ich glaube, in der Hinsicht würde ich deiner Mutter

vertrauen«, sagte Daphne und runzelte die Stirn. »Ich hoffe nur, es ist nicht noch ein Mord.«

Wir wurden unterbrochen, als eine weitere Kundin durch die Tür kam, gefolgt von einem stetigen Strom von Leuten für die nächsten paar Stunden. Die Verkäufe dezimierten einen Großteil der Kekse und Muffins, was bedeutete, dass es Zeit war, mit dem Backen anzufangen. Ich liebte das Backen und überließ Daphne nur zu gerne den vorderen Teil der Bäckerei, während ich meine Schürze anzog und mich an die Arbeit machte.

»Hey«, steckte sie eine Weile später den Kopf in die Küche.

»Hi. Wie läuft's da draußen?«

Sie schüttelte den Kopf. »Hast du schon mal bekommen, was du wolltest, und es dann bereut?«

Ich kicherte, während ich sorgfältig Muffinförmchen mit Teig füllte. »Jep. Ziemlich viel los da draußen?«

»Wir sind fast komplett ohne Kekse. Ich habe auch gerade unseren letzten Blaubeermuffin verkauft.«

Ich nickte und zeigte auf ein Kuchengitter voller Blaubeermuffins. »Die sind fertig zum Mitnehmen. Im Ofen sind Erdnussbutterkekse, und ich fange mit den Chocolate-Chip-Keksen an, sobald ich diese hier im Ofen habe«, antwortete ich, ganz in meinem Element.

Daphne nickte und trug die Muffins nach vorne. Ich konnte die Glöckchen bimmeln hören und wusste, dass ein weiterer Kunde hereinkam. Das war definitiv ein gutes Zeichen.

Ich verbrachte die nächsten Stunden damit, Muffins und Kekse zu backen und Fragen zu den Spezialtorten zu beantworten, die wir anboten. Daphne konnte mehrere Bestellungen an Land ziehen, hauptsächlich für Geburtstage, und eine Torte zum Hochzeitstag. Ich spürte, wie mir die Anstrengung des Geschäftstages zu schaffen machte, und konnte es kaum erwarten, nach Hause zu kommen und die Füße hochzulegen.

»Darf ich die Köchin küssen?«, riss mich eine tiefe Stimme aus meinen Gedanken, gerade als ich einen Tortenboden schnitt.

Ich lächelte und drehte mich zu Gabriel Trahan um. »Da bist du ja.«

»Ich war vorhin schon mal da, aber die arme Daphne sah aus, als wäre sie überfordert. Ich dachte mir, ich komme wieder, wenn es etwas ruhiger geworden ist«, sagte er, beugte sich vor und gab mir einen schnellen Kuss.

»Es war viel los.«

»Hier, ich dachte, du könntest das gebrauchen«, sagte er und reichte mir eine Tasse Kaffee von Crooked Coffee, meinem Lieblings-Coffeeshop hier in Lemon Bliss.

»Danke dir. Daphne plant immer noch, ihren Coffeeshop-Plan umzusetzen«, lachte ich. »Vielleicht ändert sie ihre Meinung nach heute.«

»Sie sieht aus, als könnte sie müde werden. Wollt ihr Leute Hilfe einstellen?«

»Das ist der Plan, aber wir wollten erst mal sehen, was wir brauchen. Diesen ersten Monat werden es nur wir beide sein. Meine Mutter und ihre Freundinnen haben angeboten zu helfen, falls wir es brauchen. Wenn man bedenkt, wie viel an einem Dienstag los ist, denke ich, dass wir sie für diesen Samstag brauchen könnten«, sagte ich und schob ein Blech mit Keksen in den Ofen.

»Ich bin auch für dich da. Ich bin vielleicht nicht so hübsch wie die Damen, aber ein oder zwei Donuts kann ich verkaufen«, sagte er mit diesem vertrauten Grinsen, das es nie versäumte, eine Welle der Wärme durch mich zu schicken.

»Vielleicht nehmen wir dich beim Wort, was bedeutet, dass du es vielleicht bereuen wirst«, konterte ich mit einem Augenzwinkern.

Er kicherte. »Ich lasse dich weiterarbeiten. Ich wollte nur vorbeischauen und dir viel Glück wünschen, aber ich glaube nicht, dass du es brauchst. Ich rufe dich heute Abend an, und du kannst mir vom Rest des Tages berichten«, sagte er, gab mir noch einen schnellen Kuss und verschwand durch die Hintertür.

Ich nippte an meinem Kaffee und genoss den reichen

Geschmack und den Koffeinkick. Ich konnte eine zweite Luft gut gebrauchen, und das hier könnte helfen. Ich hatte noch tonnenweise Backvorbereitungen für morgen zu erledigen. Wir würden definitiv eine Aushilfe einstellen müssen. Im Moment konnte ich mithalten, aber ich wollte sicher nicht ewig in diesem Tempo arbeiten.

»Ich bin so müde. Ich fahre direkt nach Hause, krieche in ein heißes Schaumbad und trinke ein Glas Wein«, sagte Daphne, als sie durch die Küchentür kam.

»Haben wir geschlossen?«, fragte ich überrascht.

Sie nickte. »Es ist vier. Wir haben für heute offiziell Feierabend.«

»Oh, jetzt ist es Zeit zum Aufräumen«, sagte ich mit einem Augenzwinkern.

»Oh nein, das ist doch ein Witz, oder?«

Ich schüttelte den Kopf. »Wir können es nicht so aussehen lassen. Es wird nicht lange dauern. Du kümmerst dich um den vorderen Bereich, und ich mache hier hinten fertig.«

Sie murmelte, als sie hinausging: »Wer hielt das für eine gute Idee?«

»Du!«, rief ich.

Trotz der körperlichen Erschöpfung war ich energiegeladen. Der Tag war hektisch gewesen, aber ich blühte bei dem Adrenalinkick auf. Ich wusste, dass es nicht immer so sein würde. Ich wollte den Moment auskosten, auch wenn ich so müde war, dass ich kaum noch stehen konnte.

Vor einigen Monaten war ich widerwillig nach Lemon Bliss, Louisiana, zurückgekehrt, für einen, wie ich dachte, nur vorübergehenden Besuch. Kurz darauf erfuhr ich, dass ich eine Hexe war, die von Generationen von Hexen abstammte, war in die Ermittlungen zu einem verdächtigen Mord in der stillgelegten Zitronentee-Fabrik, die ich von meiner Großmutter geerbt hatte, hineingeraten und hatte wieder Kontakt zu ein paar alten Freunden aufgenommen. Ich war in meine Heimatstadt zurückgekommen, ohne die Absicht zu bleiben, nur um festzustellen, dass ich gar nicht mehr wegwollte.

Hey, ich musste Hexensachen lernen. Außerdem hatte mich meine alte beste Freundin Daphne davon überzeugt, dass Lemon Bliss eine Bäckerei brauchte und wir diejenigen waren, die das in die Tat umsetzen sollten. Dass unser »offizieller« Eröffnungstag ein Erfolg war, war ein echter Gewinn.

Ich warf einen letzten Blick in die Küche und erklärte sie für sauber und bereit für den nächsten Morgen. Ich wollte früh kommen, um mit dem Backen schon mal vorzuarbeiten.

»Bereit?«, fragte ich Daphne, die am Tresen Servietten auffüllte.

»Ja! Lass uns von hier verschwinden.«

Wir gingen zusammen raus, schlossen ab und trennten uns. Für einen Plausch waren wir beide zu müde. Als ich zu meinem Auto ging, dachte ich an den Besuch meiner Mutter und wie aufgebracht sie gewesen war. Ich hoffte, es war nichts Ernstes. Ich hatte keine Zeit, mir auch noch Sorgen um eine weitere Bedrohung für die Hexen in Lemon Bliss zu machen.

Copyright © 2025 Lucy May; Alle Rechte vorbehalten.

1-Klick : A Spell to Tell

Wenn du Updates über meine neuen Veröffentlichungen und andere Neuigkeiten erhalten möchtest, melde dich für meinen Newsletter an: subscribepage.io/sTrNBG

MEINE BÜCHER

Vielen Dank, dass du diese Geschichte gelesen hast! Ich hoffe, du hast die Magie genossen. Wenn ja, gibt es hier ein paar Möglichkeiten, wie du anderen Lesern helfen kannst, meine Bücher zu finden.

1) Schreibe eine Rezension!

2) Melde dich für meinen Newsletter an, damit du Informationen zu Neuerscheinungen erhältst: subscribepage.io/sTrNBG

3) Like meine Facebook-Seite unter https://www.facebook.com/lucymayauthor/

———

Lemon Tea Cozy Mysteries

Witch You Wouldn't Believe

A Spell to Tell

Witch is When it Gets Crazy

Wicked Good Mystery Series

Destiny's A Witch

Hex Me Not

Spells & Silver Bells

The Great Maple Caper

Oopsy Daisy
Siren Song Gone Wrong
Pumpkin Patch Murder
This Good Witch Mystery Series
Wish Upon A Witch
A Stormy Spell
A Stitch of Magic
Bee Charmed

ÜBER DIE AUTORIN

Lucy May liebt Kaffee, Hunde, das Kochen und das Schreiben. Sie ist eine Südstaatlerin, die es nach Maine verschlagen hat. Sie hat die vier Jahreszeiten lieben gelernt, sehnt sich aber immer noch nach den verschlafenen Sommern im Süden. Sie stellt sich gern vor, dass sie in einem früheren Leben eine Hexe gewesen sein könnte, und glaubt immer noch an Magie. Ihre Zeit vertreibt sie sich damit, freche, hexenhafte und sexy paranormale Geschichten zu spinnen.

Facebook

www.ingramcontent.com/pod-product-compliance
Lightning Source LLC
Chambersburg PA
CBHW072130300726
48975CB00003B/1008